道連れ彦輔　居直り道中　下

逢坂 剛

毎日文庫

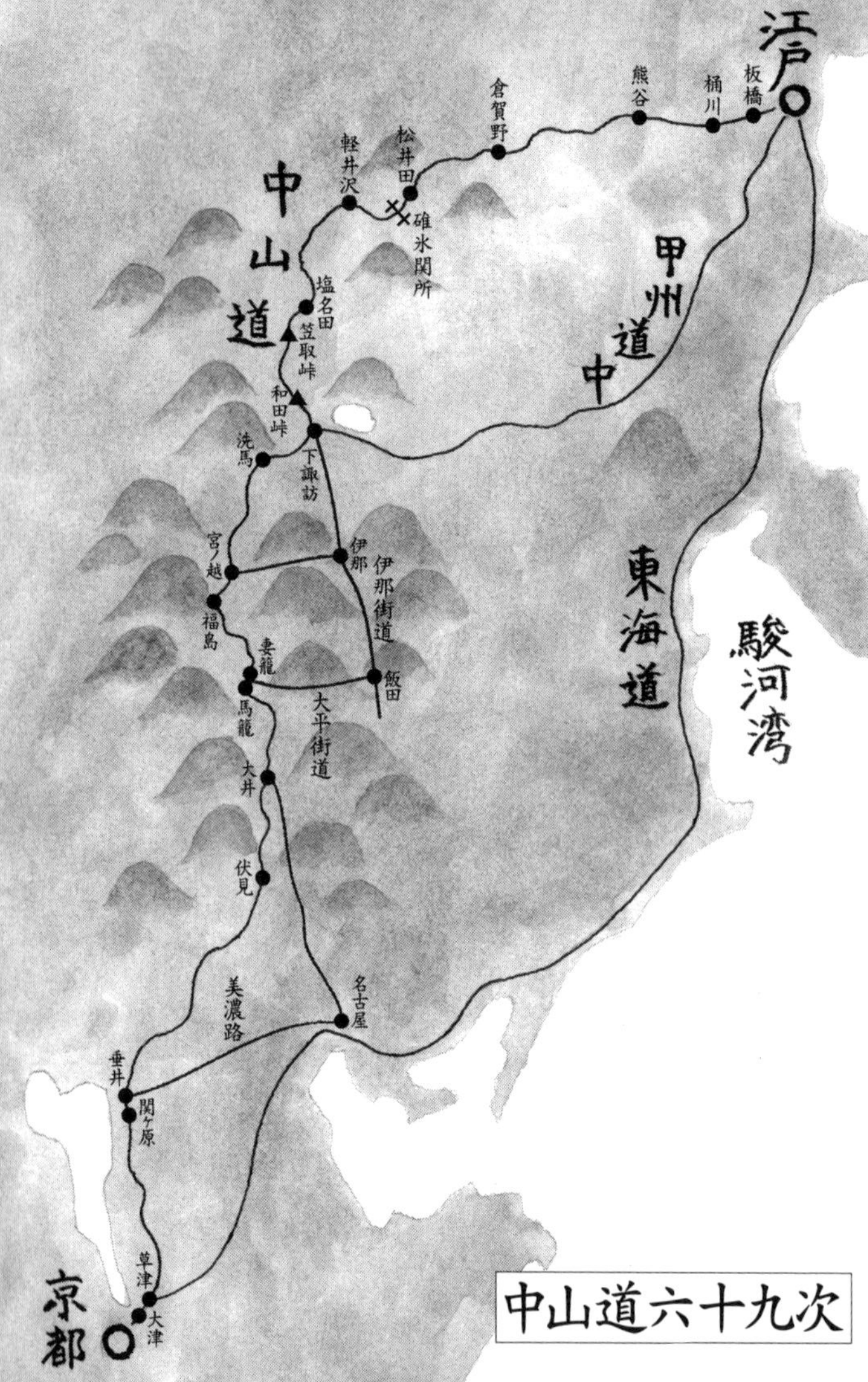
江戸
板橋
桶川
熊谷
倉賀野
松井田
軽井沢
碓氷関所
中山道
塩名田
笠取峠
和田峠
下諏訪
洗馬
甲州道中
宮ノ越
福島
伊那
伊那街道
妻籠
馬籠
飯田
大平街道
大井
伏見
東海道
駿河湾
名古屋
美濃路
垂井
関ヶ原
草津
大津
京都
中山道六十九次

旅の目的も知らされぬまま、
中山道を行く、彦輔一行。
松井田宿にたどり着くも、あろうことか
関所手形に、藤八、かなめの記載がない。
御法度関所破りを強行する二人、
黒装束の追いはぎ達が襲いかかる！

「女子が口をゆすいだ水でぬぐうと、山蛭に吸われた血が止まって、きれいにふき取れると、そう教えられたのさ」

初鳥屋

にわかに角兵衛がずかずかと、無造作にそばにやって来た。
いきなり、手にした刀を振り上げ、彦輔目がけて勢いよく、振り下ろす。

羽根石山

「菊野の小太刀は、ただのお飾りではない。あの太刀筋を見ただけで、なかなかの遣い手と分かった」「いったい、あのおひいさまはどういう素性の、女子でござんしょうね」

塩名田宿

「実は、おぬしらが江戸をたった、同じ四月三日の朝方におれたちも、高輪の薩摩屋敷を出立したのだ」隼人の、思いも寄らぬ打ち明け話に、彦輔は頭が混乱した。

下諏訪

馬上の男が、松明を投げ捨てて猿臂を伸ばし、かなめの後ろ襟をつかむ。かなめが、金切り声で叫び立て、彦輔の名を呼んだ。

鍋懸街道

両の腕を精一杯、突っ張ってみる。何度試しても、固く縛られた麻縄は、びくともしない。あきらめて、力を抜く。

経ケ嶽

「その言づてというのが、これなんだよ。鹿角彦輔に渡せと、そう言われたのさ」
かなめは袖口に手を入れ、くしゃくしゃになった紙を、彦輔に突き出した。

飯田宿

菊野の命がねらいならば、とうに始末をつけているだろう。
ねらいはきっと、別にあるはずだ。

馬籠峠

道連れ彦輔 居直り道中 下

目次

▼上巻目次

▼江戸時代の単位

距離・長さ

一里＝三十六町（約三九三〇メートル）
一町＝六十間（約一一〇メートル）
一間＝六尺（約一八〇センチメートル）
一尺＝十寸（約三〇センチメートル）
一寸＝十分（約三センチメートル）

時間の長さ

四半時＝約三十分
半刻＝約一時間
一刻＝約二時間
一刻半＝約三時間
二刻＝約四時間

道連れ彦輔　居直り道中　下

本宿㈡

「人殺しぃ。ひとごろしぃ」

藤八は、肝をつぶした。

刀を引き、振り返る。

かなめが竹杖を投げ捨て、口に当てた手を喇叭にして、声をかぎりに叫んでいるのだ。かなめはもう一度、叫び立てた。

「人殺しぃ。ひとごろしぃ」

まずい。女の悲鳴は、遠くまで届いてしまう。

藤八は焦り、前に目をもどした。

蛇の目に石をぶつけられ、後ろへ引いた浪人者は、それ以上斬りかかってこない。

藤八の背後に、目を向けているようだ。

かなめが、またも同じように大声で、叫び立てる。

それを聞くと、男はいまいましげに、ののしった。

「くそ」

急いで刀を鞘に収め、もう一人の男に声をかける。

「おい、行くぞ。もたもたするな」

そう言い捨て、あたふたと崖の方へ、逃げだした。

藤八は立ち上がり、かなめの方に向き直った。

かなめが、石に足を取られながら、駆け寄って来る。

そのあいだに、かなめに顔を突かれた男は、よろよろと立ち上がった。

「覚えておれよ」

捨てぜりふを残し、仲間のあとを斜めに追って、崖の茂みへ転がり込む。

蛇の目が川下を指し、上ずった声で言った。

「あ、兄貴。あれを見なせえ」

藤八は、ため息をついた。

「ああ、おれにも見えるぜ」

かなたの、橋の上の両脇に立つ番小屋に、灯がついていた。遠くからでも、あわただしく人の動く気配が、伝わってくる。

藤八は、大急ぎで脇差を腰にもどし、笈(おい)を背負い上げた。

蛇の目と、竹杖を拾ったかなめをせかして、追いはぎたちを追うように、崖下へ走る。そのとき、ようやく息を吹き返したとみえ、牛若がそろそろと体を起こした。

とっさに、藤八は牛若を葉陰に、引っ張り込んだ。

「牛若の。だいじょうぶか」

牛若は、石の上にすわったまま頭を振り、首の後ろを押さえた。

「分かんね。だれかに、いきなりここさ、殴られただよ」

「追いはぎが、待ち伏せしていやがったのよ。かなめが、金切り声で叫んだら、逃げて行きやがった」

しかし、そのために番所の番士たちにも、気づかれてしまったのだ。

藤八は茂みをすかして、橋の様子をうかがった。

間なしに、綱らしきものが投げ落とされ、それを伝って黒い人影が次つぎと、河原におりて来るのが見える。

その機敏な動きから、こうした不時の異変に備えて、日ごろ習練を積んでいることが、察せられた。

「話してる暇はねえ。おめえはかなめを連れて、どこかに身を隠すんだ。おれたちは、あとから行く」

藤八が、牛若に言うのを聞いて、蛇の目が割り込む。

「あの追いはぎが、待ち伏せしてるかもしれやせんぜ」

かまわず、藤八は続けた。

「おめえを殴った、二人組の浪人が風を食らって、先に逃げて行きやがった。たぶん、やつらも手配されてるか何かで、つかまりたくねえらしい。どこでもいいから、だれにも見つからねえ場所に、隠れるんだ」

牛若は、もう一度頭を振ってから、うなずいた。

「分かった。隠れ場所なら、任してもらうべえ。ここから、二町ほどのぼったとこに、だれも知らねえ洞穴(ほらあな)があるだよ」

蛇の目が、藤八の脇腹をこづく。

「兄貴。追っ手が、こっちへやって来やすぜ」

藤八はかなめを、牛若の方に押しやった。

「さあ、早く行け。あの追いはぎに、見つかるんじゃねえぞ」

「藤八さんたちは、どうするのさ」

「おれたちはここで、番士どもを食い止める。夜が明けても、おれたちが追いつかなけりゃ、先に追分宿(おいわけ)へ向かうんだ」

「だけど」

言いかけるかなめを、藤八はさえぎった。

「だけどもくそもねえ。早く行け」

背中を押し、二人が走り出すのを見届けて、蛇の目の方に向き直る。

「いいか。よけいなことを、口にするんじゃねえぞ。おれが言うことに合わせて、ふんふんとうなずいてりゃ、それでいい」

「しかし兄貴。あの悲鳴を聞かれたんじゃ、申し開きができやせんぜ」

「出たとこ勝負だ。びくびくするねえ」

切羽(せっぱ)詰まると、妙にくそ度胸が、わいてくるのだ。

藤八は笈をおろして、どかりと石の上に、腰を据えた。

やけくそのように、蛇の目もそれにならう。

橋の方から、番士が四、五人飛ぶように、石の上を走って来る。習練のたまものか、平地を走るのとさして変わらぬ、驚くほどの速さだ。

牛若が言ったとおり、わずかな月明かりだけでも、白い石の上を走る人影は、ひどく目立った。

一人だけ、龕灯(がんどう)を持った者がいる。

ただ、見た目よりも隔たりがあるらしく、番士たちはなかなか二人のところまで、やって来ない。

それを見て蛇の目が、思い出したように言う。

「兄貴。おいらもちょいと、いい考えが浮かびやしたぜ」

「おめえは、何も考えなくていい。どうせ、ろくな考えじゃあるめえ」

藤八が決めつけると、蛇の目は首筋を掻いた。

「ま、兄貴の才覚だけで切り抜けられりゃあ、それに越したことはありやせんがね」

ほどなく、番士たちが息を切らしながら、駆けつけて来た。

数は四人。

おのおのが、突棒（つくぼう）や袖がらみなど、捕物の三つ道具を、手にしている。

龕灯を持った番士が、その光をさっと藤八と蛇の目に、浴びせかけた。

たちまち目がくらみ、藤八はひたいの前に手をかざした。

野太い声が響く。

「関所破りめ。神妙にいたせ」

藤八は手をおろし、声のした方に向き直って、神妙に頭を下げた。

「とんでもねえ、関所破りなんかじゃあ、ござんせんよ。あっしらは、江戸を出て中山道をのぼる、旅の者でござんす。ゆうべ、碓氷のお関所の閉門に遅れてしまい、取り残されやしてね。それでやむをえず、妙義道からこの下仁田街道へ回り、裏から中山道へ抜けようと、やってまいった次第でござんす」

「ええい、黙れ。さような言い訳は、通用せぬわ。何ゆえ、われら本宿の番所を避けて、河原を抜けようとしたのだ。紛れもない、関所破りではないか」

藤八は、おおげさにのけぞってみせた。

「めっそうもねえことで。こんな真夜中に、だんながたをお起こししちゃあ、さぞご迷惑と存じやして、遠慮させていただいただけでござんす」

横手から、別の声がかかる。

「それだけではねえ。さっき、女子の声で二度か三度、人殺しと叫ぶのが聞こえたわ。その女子は、どこにおるとな」

「女子の連れなど、おりやせんよ。実を申せば、やっとここまでたどり着いたとき、追いはぎに襲われやして」

「追いはぎじゃと」

急に、しんとする。

「へい。二人組が、だんびらを振り回しやがったんで、助けを呼んだだけでござんす」

別の声がした。

「二人組とは、どんなやつらじゃ。詳しく、申してみい」

藤八は、考えるふりをした。

「暗いので、はっきりいたしやせんが、二人とも黒装束と黒覆面に、身を固めておりやした。浪人者らしい、剣呑(けんのん)な連中でござんした」

藤八の返事に、またしんとする。

すぐに、番士たちが龕灯のあたりに、集まる気配がした。

少しのあいだ小声で、何か言葉を交わしている。

ほどなくそれが途切れ、龕灯を持った男が言った。

「そやつらは、どこへ逃げた」

番頭らしき物言いだが、ほとんど訛りがない。

藤八は、自分たちが越えて来た、向こう岸を指した。

「浅瀬を渡って、あちらの崖の方へ、逃げたようでござんす。だんながたのおかげで、何も取られずにすみやした。ありがとう存じやした」

そう言って、もう一度頭を下げる。

番士たちは、またひたいを集めてひとしきり、何かささやいていた。

やがて、番頭と思われる男が言う。

「そやつらは、近ごろこの街道筋を荒らし回る、食い詰め浪人に相違ない。とはいえ、先刻聞こえた叫び声はまぎれもなく、女子のものだ。隠し立てをすると、ためにならぬぞ」

藤八は、またわざとらしく、背筋を伸ばした。

「め、めっそうもねえ。女子なんぞ、連れちゃおりやせんよ」

そう応じたとき、突然甲高い女の悲鳴が、河原に響いた。

「人殺しぃ。ひとごろしぃ」

びっくりしたように、龕灯が激しく揺れる。

しかし、すぐに光の輪が藤八からずれて、蛇の目の六郎兵衛に移った。

蛇の目が、口に当てた手を離し、かしこまって言う。

「どうも、お騒がせいたしやした。さっき悲鳴を上げたのは、このあっしでござんす」

藤八は、あっけにとられて、蛇の目の顔を見つめた。

蛇の目が、そのような女子そこのけの、甲高い声を出せるとは、夢にも思わなかった。番士の一人が、にがにがしげに吐き捨てる。

「ばか言うでねえ。男のくせして、どっからそげな声が」

途中で言いさす。

蛇の目は、まぶしそうに目を細めて、あとを続けた。

「あっしは江戸で、津軽のほうはえ節を歌わしたら、二番とはくだらぬ名人でござんす。女子のように裏声で叫び立てりゃ、番所まで届いて助けが来ると、そう思いやしてね」

藤八は、ほとほと感心して、首を振った。

草相撲の小結、と聞かされたときも驚いたが、さらに蛇の目が津軽の民謡の名人とは、考えも及ばなかった。

しかし、感心している場合ではない。

蛇の目のあとを引き取り、もっともらしく付け加える。

「そのとおりでござんす。かりに、あっしらが女連れの関所破りなら、間違っても大声で騒ぎ立てたりなんぞ、いたしやせんよ。おとなしく、追いはぎに金をくれて、事を穏便にすませやす。関所破りは磔と、承知しておりやすからね」

一息に、そうまくし立てる。

番士たちは、また顔を寄せ合って、評議を始めた。

藤八は、感心しただけではなく、蛇の目を大いに見直した。いい考えが浮かんだ、と先刻蛇の目が言ったのは、このことだったのだ、と思い当たる。

ややあって、番頭が藤八に龕灯の光を当て、おもむろに口を開く。

「その方らの在所、姓名と生業を、聞かせてもらおう」

「あっしは、江戸の市谷田町二丁目、勘十郎店に住まいする藤八、と申しやす。ご公儀御小人目付（おこびとめつけ）、神宮迅一郎（じんぐうじんいちろう）さまのお手伝いを、いたしておりやす」

龕灯が、かすかに揺れる。

「御小人目付。その方、公儀の御用を、務めておるのか」

「さようで。ただの手先でございやすが、これでも房なしの十手を、お預かりしておりやす」

少しのあいだ沈黙があり、光が隣に動く。

「その方は」

「下総浦安在の、漁師熊五郎の次男で六郎兵衛、と申しやす。定業はその、祭りや縁日で日銭を稼ぐ、野師でござんす」

藤八は、笑いを噛み殺した。

蛇の目も、さすがにご法度の博奕打ち、とは明かせまい。

助け舟を出す。

「本業は野師でござんすが、実のところはあっしのもとで、下っ引きも務めておりやす」

すかさず蛇の目も、話を合わせてきた。

「そのとおりでござんす。言ってみりゃ、あっしもお上の御用を務めている、というわけで」

番士のあいだに、小さな笑いが起こる。

「下総浦安と申したが、江戸深川の在ではないのか」

「違いやす。深川八幡は、ただの縄張りでござんす」

また少し、間があく。

「その方らは、これほど夜を日に継いで、どこへ行く所存だ」

「へい。あっしは、京都までまいりやす」

藤八が答えると、また龕灯が向けられた。

「京都だと。何しに行くのだ」

「祇園会の見物でござんす」

菩提寺の、長源寺に往来手形を頼んだとき、そう書いてもらったのだ。

すると、別の方からしわがれた声が、飛んできた。

「祇園会は六月じゃけん、まだ二月も先だべ。いくらなんでも、四月に行くのはちっとばかり、早すぎるんでねえか」

年寄りとみえて、かなり訛りがある。

「へい、それは承知しておりやす。実は、妹が京都祇園の京料理の店に、嫁いでおりやしてね。そこへ三月ほど骨休めに、行くつもりでござんす。ついでに、大文字の火も拝ませてもらって、江戸へもどりやす」

口からでまかせだが、そこまで調べが及ぶことは、まずあるまい。

龕灯の光が、また蛇の目に移る。

「その方も、同じか」

「いえ。あっしはその、中山道を追分から北国街道へ抜けやして、善光寺参りをするつもりでござんす」

藤八は鼻をこすり、笑いをこらえた。

手形には、そう書いてあるのだろうが、博奕打ちの善光寺参りとは、笑わせる。

しばらく、番士たち同士で話し合ったあと、番頭が言った。

「往来手形をあらためる。二人とも、明かりの前に出せ」

藤八も蛇の目も、言われたとおりにした。

どちらの手形も、二人が言ったことと相違しておらず、番士たちは黙り込んだ。

やがて、番頭が言う。

「今のところ、不審のおもむきはないようだが、詳しく詮議せねばならぬ。番所まで、足を運んでもらうぞ」

藤八はさすがに焦り、龕灯に向かって言った。

「待っておくんなせえ。疑いがはれたからにゃ、番所へ行くことはねえ、と思いやすが」

「念には念を入れよ、だ。つべこべ言わずに、ついてまいれ」

藤八は、橋を指さした。

「もしかして、あの綱をよじのぼれと、そうおっしゃるんで」

「のぼるときは、巻き上げの道具を使うゆえ、安心いたせ」

そう言ってから、番頭はほかの番士たちに、命をくだした。

「おまえたちは、念のため二人組の追いはぎを、追ってみよ。逃げたという、右岸の崖下を中心に、捜すのだ」

ついで龕灯が、別の番士に手渡される。

番士たちは、龕灯を頼りに浅瀬を探して、川を渡り始めた。

番頭に促されて、藤八と蛇の目は橋を目当てに、河原を歩きだす。

後ろから、番頭が言った。

「おれは一年前まで、江戸一橋御門の安中板倉家の上屋敷に、十三年詰めていた。しばらくぶりに、江戸者と口をきいたわ」

藤八は振り向き、月明かりに浮かぶ初老の男に、言葉を返した。

「どうりで、お言葉に土地の訛りがねえ、と思いやしたぜ」

男が、江戸詰めだったと聞いて、少し気が楽になった。

初鳥屋宿

ぎくりとする。

川下の方から、甲高い悲鳴が聞こえてきた。

勧進かなめは、洞穴の出口に体を寄せて、耳をすました。

しかし、人殺し、と長く叫んだ女の声は、一度きりだった。あとはふたたび、静寂に包まれてしまった。

背後で、牛若が言う。

「おめえさんのほかに、もう一人女子がいただかね」

かなめは、首をひねった。

「いないはずだよ。まあ、ほかにも関所破りがいるなら、別だけれどね」

「別口はねえべ。ここんとこ、関所破りをする女子は、めっきり減っただよ。案内するやつも、今じゃおらくれえしか、いねえわな。なんちっても、見つかりゃ磔だからの」

かなめは、口をつぐんだ。

牛若が案内した隠れ場所は、追いはぎに襲われた河原から、二町ほど川上にのぼった、崖下にあった。鬱蒼とした茂みの中の、岩で囲まれた洞穴だ。

入り口は、しゃがまなければはいれぬほど、低くて小さい。しかし、中は両腕をぐるりと回しても、壁に手が触れないほど広かった。

かなめは、牛若に聞いた。

「ところで、さっきの追いはぎに、心当たりはないのかい」

「なくもねえだよ。おおかた、信州の方からやって来た、食い詰め浪人だべな。中山道沿いに、村や旅人を襲って金品をかっさらう、悪党の一味がいるだよ。そいつらの仲間に、ちげえねえべ」

「おまえさんも、もう少し用心しなきゃ、いけなかったね」

かなめが苦言を呈すると、牛若は闇の中でかすかに、身じろぎした。

「だけんど、やつらはめったに上州まで、はいって来ねえだ。来るとしたって、国境をちっと越えるくれえさ。それが、こんなとこまでのして来るとは、中山道もよっぽどご詮議が、きつくなったんだべなあ」

そう言ってから、牛若はかなめを出口から、押しのけた。

外の闇をのぞいて、あとを続ける。

「おらがちっと、様子を見てくるだ。こっから出るでねえぞ」

そう言い残すと、穴をくぐって外へ姿を消した。

かなめは竹杖を握り締め、考えを巡らした。われ知らず、身震いする。

先刻、後ろから抱きすくめてきた賊の顔を、竹杖の付け根で後ろざまに突いたのは、考えてやったことではない。

だいじな乳を、いきなりわしづかみにされて、かっと頭に血がのぼった。それで、とっさに竹杖で相手の顔を、突いてやったのだ。

その手ごたえから、男の左の目をつぶしたようだが、あれで少しは懲りただろう。

もっとも、大声で人殺しと叫んだのは、少々軽率だったかもしれない。それも二度、三度と繰り返したのは、やりすぎだった気がする。

しかし、あのままでは藤八も蛇の目も、初めに姿を現わしたあの黒装束に、斬られる恐れがあった。

二人目の男はさておいて、最初の男はかなり腕が立つ、とすぐに分かった。声を立てる隙も与えず、一撃で牛若を昏倒(こんとう)させたわざは、ただ者ではない。

腕に覚えのない者ほど、やみくもに人を斬ろうとして、殺気をみなぎらせる。逆に、いつでも相手を倒す腕を持つ者は、むやみに刀を振り回したりしない。

彦輔に言わせれば、それを見極めるのが、相手と一戦を交える際の、勘どころらしい。そもそも彦輔は、相手が自分より強そうだと見れば、それとなく敵意をはぐらかして、刃(やいば)を交えるのを避けようとする、ずるがしこいところがある。

道連れの仕事のさなかにも、相手の腕が立つと分かると、正面からは戦わないという。なんとか、相手の斬り込みをかわしつつ、雇い主が安全なところへ逃げるまで、時を稼ぐそうだ。

その上で、自分もさっさと退散するのが、長生きのいちばんの秘訣(ひけつ)だ、とうそぶく。

冗談なのかまじめなのか、かなめには分からない。

ただ、これまで道連れの仕事で、しくじったことがないところをみると、あながちでまかせでもないのだろう。

ともかく、番所の番士が駆けつけてくれれば、追いはぎたちは逃げて行くはずだ、というのがかなめの目算だった。

それに、自分さえその場に残っていなければ、藤八も蛇の目も往来手形を持っているから、〈急度（きっと）叱り〉くらいで収まるはずだ。

そのためには、何よりかなめ自身が無事に、逃げおおせなければならない。

たとえ悲鳴が聞こえても、肝腎の女が見つからなければ、番所も藤八たちを罪には、問えないだろう。

それにしても、たった今川下から聞こえた悲鳴は、だれのものなのか。ほかに、女がいた形跡はないし、わけが分からなかった。

そのとき、牛若がもどって来る気配がしたので、かなめはわれに返った。

くぐり口から、牛若のささやく声がする。

「番士が一人、弁慶たち二人を橋の番所さ、連れて行ったみてえだ」

弁慶とは、先刻牛若と落ち合うときに使った、藤八の合図の呼び名だ。

かなめは、唇を噛み締めた。

「わたしが、ここに見つからずにいるのに、なんだって連れて行かれるんだろう」

「分からねえだ。まあ、女子の悲鳴が聞こえたら、番所もそのまま放免するわけにも、いかんべよ。説教食らうくれえは、覚悟しなきゃなるめえ」

「説教だけなら、いいけどね」

　不安に、胸が詰まる。

「それより、ほかの番士たちが向こう岸へ、渡って行ったようじゃ。おめえさんか、追いはぎどもを探してるだべ。今のうちに、こっちの崖をのぼるべな。ついでだから、夜が明けるころまで、ついてってやるだよ」

　かなめは、ためらった。

　藤八は、夜が明けても追いつかなかったら、先に追分宿へ行けと言った。

　この分では、藤八も蛇の目も明るくなるまで、橋の番所に留め置かれるだろう。

　気は引けるが、関所を破った身としては一刻も早く、この場を離れた方がよさそうだ。かなめは腰をかがめて、くぐり口から洞穴を出た。

　外にいた牛若に言う。

「間違っても、先に逃げた追いはぎたちに、見つからないようにしておくれよ」

「案じることたあねえだ。このあたりの道は、連中よりおらの方が、詳しいだよ」

「どこから、上の道へ上がるんだい」

「この先に、おらが縄梯子を垂らしたとこが、あるだよ。追いはぎどもは、川に沿って河原をだいぶ先まで、逃げたにちげえねえ。梯子なしに、楽にのぼれるとこまで、十町はあるだ。おらたちは、縄梯子ですぐに上さのぼって、抜け道を行くだよ」

かなめは肚を決め、牛若のあとについて、歩きだした。

一時半ほどのち。

ようやく、東の空が白み始めるころ、かなめと牛若は大きな村落に着いた。

途中、険しい山道ものぼり、小さな村も通り抜けたが、さいわい例の浪人たちには、出くわさずにすんだ。

その村落は、〈はつとや〉という名前で、牛若によれば〈初鳥屋〉と書くそうだ。

大きいといっても、中山道の宿場に比べれば、はるかに小さい村落だった。

かなめと牛若は、最初に見つけた茶屋にはいり、そこで腹ごしらえをした。

そのあと、かなめは牛若に一分金を渡して、土地の女が身につける古着を、手に入れてもらった。

茶屋の奥で着替え、それまで着ていたものは小さく畳んで、ほかの荷物と一緒にする。次いで、消し炭と土で顔や手足をよごし、醤油で煮しめたような手ぬぐいで、髪をおおった。菅笠は捨てた。

それから牛若に心付けを与え、帰る途中で藤八たちに出会ったら、かなめは土地の女に身なりを変えて、中山道へ向かったと伝えるように、頼んだ。

東の空が、明るみ始める。

めくぼの藤八は、後ろを歩く蛇の目の六郎兵衛を、振り向いた。

「そろそろ、夜が明けるぜ。急ごうじゃねえか」

「あれだけ、時をとられたんじゃ、とても姐さんにゃあ、追いつけやせんぜ」

二人は本宿の番屋で、しつこい詮議を受けた。往来手形のおかげで、なんとか関所破りの罪は免れたが、こってりと油を絞られた。

「それにしても、かなめが上げたあの悲鳴を、おめえが代わって叫んでみせたのにゃあ、驚いたぜ。あんな隠し芸を、持っていたとはなあ」

藤八が言うと、蛇の目は照れ笑いをした。

「おいらは、器用なのが取り柄でござんしてね。ただ、その器用に貧乏がつくのが、玉にきずなんで」

「それはともかく、かなめがあの追いはぎたちに、万が一にもとっつかまったら、目も当てられねえ。先を急ごうぜ」

例の、二人の浪人を追った番士たちは、藤八たちの詮議が終わらぬうちに、むなしく手ぶらでもどって来た。藤八が、あえて連中の逃げたのと、逆の方向を教えたせいだ。

正直に告げれば、かなめや牛若と同じ崖へ、追っ手を向かわせることになる。それを避けるために、逆を教えたのだった。

蛇の目を従えて、藤八は半ば駆けるように、道を急いだ。

日がのぼったようだが、厚い雲でも出ているのか、葉陰から日の光は漏れてこない。陰鬱なたたずまいのままだ。

道がしだいに、のぼり坂に変わった。

ときどき、背負子(しょいこ)を背負ったきこりや、荷駄を積んだ馬を引く馬子(まご)と、すれ違う。挨拶を交わすのが、いくらか気晴らしになった。

山道には石が転がり、しばらく雨も降っていないとみえて、ときどき砂ぼこりが立つ。道はくねくねと曲がり、両側には木立が続いている。

日は当たらないが、休まず急ぎ足で歩いたせいで、さすがに汗が出てきた。

曲がり角の、少し手前の道端に太さ一尺を超える、倒木が横たわっている。以前、大風にでも吹き倒されたまま、放置されたものらしい。

藤八は、顎をしゃくった。

「おい、あそこでちょいと、休んで行こうぜ」

蛇の目と並んで、倒木に腰を下ろし、菅笠を取った。

そろって、竹筒の水を飲む。

「このまま道なりに行くと、また中山道に出るはずだ。おめえは前に、通ったことがあるんだろう」

藤八が言うと、蛇の目はうなずいた。

「へい。一度だけでござんすがね。中山道のどこへ出たか、忘れちまいやしたが」

「道中案内によると、沓掛(くつかけ)宿と追分宿のあいだの、借宿というところに出るらしい」

蛇の目が手を打つ。

「そう、そう、借宿だ。思い出しやしたぜ」

「そこへ行くまで、この裏街道にゃあ、宿場はねえのかい」

「中山道ほどじゃねえが、途中に初鳥屋という、小さな宿場がござんす」

確かに初鳥屋の名は、道中案内にも載っていた。

「そこまで、どれくらいだ」

「道のりにして、あと二、三十町ってとこでござんしょう」

「そうか。それじゃあ、とにかくそこまで行って、一息入れるとしようぜ」

二人は倒木から腰をあげ、木々におおわれた薄暗い山道を、また歩きだした。

道は、さらに爪先上がりになり、なおもあちこちにくねりだす。やがて、どの方角に歩いているのか、分からなくなった。

木々の枝が、鬱蒼と頭上にかぶさってくる。化け物でも出そうな暗さに、つい足が速まる。

そのうち、甘ったるい妙なにおいが、鼻先に漂い始めた。

藤八が口を開こうとすると、いきなり上の方から手の甲に、冷たいものが落ちてきた。

「おい、とうとう降り出したようだぜ、蛇の目の」

蛇の目も応じる。

「おいらの合羽にも、ぽつぽつ降ってきやしたぜ」

藤八は、にわかに鋭い痛みを感じて、手首を探った。

すると、手甲と手首の隙間の肌に、ぬるりとした妙な手ざわりがあり、ぎょっとする。取ろうとしたが、べたりと張りついたままで、なかなか取れない。

「ひえっ」

背後から、突拍子もない蛇の目の声が、飛んでくる。

振り向くと、蛇の目の道中合羽の上に、奇妙な模様ができている。あちこちに、長さ二寸ほどの黒光りするものが、張りついているのだ。

「くそ、なんだ、こりゃ」

悪態をつきながら、蛇の目がそれを取ろうとするが、なかなかはがれない。

藤八は、道中案内にあった心得書きを、はっと思い出した。

これは、雨ではない。

「おい。そいつは、山蛭だ。体につくと、血を吸われるぞ。すぐに、ここを抜けようぜ」

そう言い捨て、手首についた山蛭もそのままに、脱兎のごとく走りだした。

蛇の目もあわてて、合羽をばたばた鳴らしながら、あとを追って来る。

藤八は、手にした笠を頭上にかざし、がむしゃらに駆け続けた。

そのあいだにも、笠や肩口にぼとりぼとりと、山蛭が落ちてくる。やられた手首が、ちぎれるほど痛い。

ようやく森を抜け、開けたところへ出た。

藤八も蛇の目も、道端の草地に頭から、転がり込んだ。

蛇の目が、道中合羽を道端に投げ出し、藤八が手甲を取りはずすのに、手を貸す。

藤八は、吸いついた山蛭をぐいとつかみ、引きはがした。まるで、焼きごてを当てられたような、ひどい痛みだった。

「くそ」

その山蛭を、かたわらの木立へ投げ捨てたとき、道の先からだれかがやって来た。

見ると、野良着を着て手ぬぐいをかぶった、土地の者らしき女だった。声をかけるまでもなく、その女がそばに駆け寄って来て、大きな声で言う。

「どうしたのさ、二人とも」

黒く汚れたその顔を見て、藤八は驚いた。

勧進かなめだった。

「どうした、勧進の。先へ行ったんじゃねえのか。それに、その格好は、なんだ」

かなめが、顎を引く。

「牛若に頼んで、なりを変えたのさ。先へ行こうと思ったけれど、やっぱり心配になってね、もどって来たんだよ。それより、いったいどうしたというのさ、藤八さん」

藤八はわれに返って、手首を突き出した。

「こいつを見てくれ。山蛭に、吸いつかれたのよ。痛えのなんの、血が止まらねえんだ」

それを見るなり、かなめは眉をひそめた。

「ちょいとお待ち」

そう言って、背中の風呂敷包みを下ろし、草の上に広げる。

道端の藁屑(わらくず)を拾い、山蛭に吸われた藤八の手首を、きつく縛った。

竹筒の水を、口に含んで何度かゆすぎ、ちぎったさらしに勢いよく、吹きかける。

それを、ぎざぎざに裂けた傷口に、押し当てた。

ひやりとしみたものの、少しすると不思議に痛みが、弱まってくる。

かなめは、同じさらしで藤八の手首をこすり、こびりついた血をふき取った。血で汚れた手首が、見るみるきれいになる。

流れ出ていた血も、ぴたりと止まった。

藤八は感心して、かなめの顔を見た。

「おめえ、こんな手当てを、どこで覚えたんだ」

かなめは、ちょっとためらってから、口を開いた。

「昔、東海道の蒲原（かんばら）宿にいたころ、お女郎衆に教わったのさ」

藤八は、口をつぐんだ。

かなめは若いころ、わけがあって蒲原宿の旅籠で、飯盛り女をしていたのだ。

かなめが続ける。

「なぜだか、わたしも知らないけれど、女子が口をゆすいだ水でぬぐうと、山蛭に吸われた血が止まって、きれいにふき取れると、そう教えられたのさ」

藤八は、唾をのんだ。

「そいつは、奇妙だ。男がゆすいだ水じゃあ、だめなのか」

「だめらしいよ。わたしも、試したのはこれが初めてだから、ほんとうかどうか分からないけれど」

蛇の目が、藤八の手首を指して言う。

「おいらも初耳だが、確かに血が止まりやしたぜ。こいつは、覚えておいて損はねえや」

三人がかりで、あちこちに張りついた山蛭に砂をかけ、苦労してこそげ落とした。中には、着物の上から血を吸ったやつもおり、藤八の腕や肩にいくつか、赤黒いあざが残っていた。

「おれも、うかつだった。道中案内の心得書きに、山蛭のことが書いてあったのよ。同じ夏でも、山蛭は晴れた日にゃあ落ちてこねえが、曇った湿っぽい日に限って、落ちてくるとな。江戸を出てから、これまでずっと天気がよかったから、すっかり忘れていたぜ」

藤八がぼやくと、かなめが思い出したように、口を開く。

「それはそうと、よく逃げて来られたねえ、二人とも。わたしはね、女が何度も大声で叫んだら、きっと番所が助けに来てくれると、そう思ったんだよ」

藤八は、苦笑いをした。

「まあ、確かに番士たちが駆けつけて来て、助かったことは助かったがな」

蛇の目が割り込む。

「ただ、そのあとがいけなかった。姐さんの悲鳴で、番所の連中はおいらたちと一緒に、関所破りの女がいたに違いねえと、そう勘ぐりやしてね」

「勘ぐりじゃなくて、そのとおりじゃないか。さぞかし、たいへんだったろうねえ」

その、ひとごとのような物言いに、藤八は渋い顔をした。

「たいへんどころじゃなかったぜ、勧進の。夜が明けるまで、たっぷり油を絞られてよ」

「でも、わたしと牛若が逃げたあとで、別の女の悲鳴が聞こえたんだよ。あれは、だれだったんだろうね」

蛇の目が、鼻をこする。

「ありゃあ、おいらでござんすよ、姐さん。甲高い声を出すのは、おいらの得手でござんしてね。案の定番所の連中は、てっきりおいらの悲鳴だと信じ込んで、あの二人組の追いはぎを、追って行きやした」

かなめが、あきれ顔をする。

「やはり田舎のお役人は、お人よしだねえ」

蛇の目は、藤八を見た。

「それより、兄貴。こんなとこで、ぐずぐずしてる場合じゃねえ。とりあえず、初鳥屋まで行きやしょうぜ」

「おっと、そのとおりだ」

藤八が、あわてて立ち上がると、かなめもそれに続く。

三人は荷物をまとめて、街道をまた歩きだした。

曲がりくねった、かなり険しい坂道が、途切れもなく続く。しかも、途中から日が差し始めて、三人とも汗だくになった。

たいした道のりではなかったが、のぼり坂と曲がりくねった山道のために、思ったより時がかかった。

初鳥屋に着いたときは、朝四つを過ぎており、三人ともすっかり疲れ果てていた。

最初の茶屋は、かなめと牛若が休んだ店だとかで、そこで早めの中食（ちゅうじき）をとることにした。

すでに、一働きすませた土地の者たちが、あちこちで弁当を使っている。

そこにいる者はみな、藤八たちのいでたちや口のきき方で、すぐに旅の江戸者と察したに違いない。

その二人と、土地の女に身をやつしたかなめは、どう見てもちぐはぐな取り合わせだ。店のだれもが、好奇の目を隠さなかった。

茶屋の外には、のんびり草をはむ馬や牛が、つないである。鶏が、にぎやかに鳴きながら、あちこちを駆け回る。

きこりや、猟師らしき男たちに交じって、釣竿と魚籠（びく）を持った者がいた。おそらく、街道沿いの川で魚を釣り、それを売って稼ぎにするのだろう。

その獲物らしい、串に刺したやまめが、麦飯と一緒に出てきた。

それに箸をつけながら、藤八は小声でかなめに、番所での話をした。

「番頭は田中一郎太という、安中板倉家の家士でな。一年半前まで、江戸の一橋御門の上屋敷に、十三年ばかり詰めていたそうだ。実を言うと、ご詮議の後ろ半分は江戸の話で、盛り上がったのよ」

正直に言うと、かなめは横目で藤八をにらんだ。

「やっぱり。そんなことだと思ったよ。おまえさんたちは、ちゃんと往来手形を持ってるんだし、大目に見てもらっていいはずさ」

そう言ってから、ふと眉を寄せて続ける。

「それより、あの追いはぎの浪人者のことを、何か言ってなかったかい。わたしは、二人のうちの一人の目を、つぶしてやったからね。もし、またどこかで出会ったら、ただじゃすまないだろう」

藤八はうなずいた。

「おれも、それを聞いてみた。田中一郎太とやらによると、おれとやり合ったやつは望月重兵衛、おめえに目をつぶされたやつは、樋口兵庫というらしい。信州が根城だそうだから、国境を越えたらどこで出会うか、知れたもんじゃねえ。顔と名前を、しっかり覚えておこうぜ」

「あいよ。今度悪さをしたら、目だけじゃすまないことを、思い知らせてやるから」

「おいおい。あんまり、調子に乗るんじゃねえぜ、勧進の。おれたちは、あくまで鹿角の旦那の、付き添いだからな」

かなめは、顎を引いた。

「付き添いじゃなくて、お目付役だろう。だって、藤八さんはお小人目付の、神宮の旦那の御用を、務めてるんだから」

「そりゃそうだが、今度ばかりはそうもいかねえよ。なにしろ、これがどういう仕事なのか、さっぱり分からねえんだからな」

藤八が正直に言うと、かなめは右手に箸を持ったまま、人差し指をこめかみに当てた。

「それにしても、あの菊野さんというのは、いったいどんな素性のお人なんだろうね。触れ込みは、坂田藤十郎さまの妹御だそうだけれど、ちょいとお品がよすぎるよ」

急に、声をひそめて続ける。

「それに、ほんとうに口が、きけないのかねえ。どう思う、藤八さん」

藤八は指を立てて、ささやいた。

「おいおい、勧進の。土地女のなりをして、ぺらぺら江戸弁をしゃべるんじゃねえ。

みんな、妙な顔をしてるぜ」

かなめは、箸を置いた。

「ほんとうだ。考えてみたら、おまえさんたちとも会えたことだし、もうこんななりをしなくても、いいかもしれないね」

「そうだな。その黒い顔も、なんとかしねえとな。せっかくの別嬪(べっぴん)が、だいなしだぜ」

「そういうおせじは、藤八さんらしくないよ」

蛇の目が、口を挟む。

「いっそ、風呂にでもはいったら、どうでござんす」

それを聞いて、藤八はかなめを見た。

「そりゃあ、いい考えだ。おれたちはみんな、ゆうべっから眠ってねえ。いっそ、今からこの村で宿をとって、ゆっくりするってのはどうだ」

かなめが、頬に手を当てる。

「追分の宿場で、彦さんたちと落ち合うんだろう。遅れなけりゃ、いいけれど」

「落ち合うのは、あしたの夕方だ。これから先、ずっと山道続きだが、きょうゆっくり休みゃあ、元気も出るだろう」

蛇の目が手を打つ。

「それで決まった。おいらもきょうは、くたくたなんでね。さっそく、一眠りしやしようぜ」

三人は、大急ぎで飯を掻き込み、茶屋をあとにした。

ほどなく鶴屋という、中山道の宿場にも見劣りしない、りっぱな旅籠が見つかった。

碓氷関所

四月七日。

しだいに、東の空が明るさを増して、遠い山の端にようやく日が、顔を出した。

碓氷関所を差配する、安中板倉家の物頭(ものがしら)石倉平九郎は、円座の上ですわり直した。

木戸が開いてから、すでに四半時がたつのに、まだ体が温まらない。

山中のこととて、初夏とはいえ早朝は肌寒く、板の間も冷えたままだ。

たった今、善光寺参りをするという、高崎の油問屋の隠居夫婦を、通らせたところだった。

夫婦は、正面の石段から東西の木戸をつなぐ、広い通路へおりて行った。

それを見送り、平九郎は気を取り直して、控えの番士に声をかけた。

「次」

それに応じて、番士が待ち合い小屋の引き戸をあけ、中へ呼びかける。

「次、出ませい」

その声に応じて、男と女の三人連れが、小屋から出て来た。

いずれも、笠を取っている。

先に立つのは、月代（さかやき）を長く伸ばした、浪人体の侍だった。

三十歳くらいか、背丈のある痩せ形の男で、大股に悠々と歩いて来る。大刀は、番士が預かるために、脇差しかつけていない。

その後ろにいるのは、四十歳前後と思われる、ずんぐりした体つきの、厚化粧の女だった。

慣れぬ草鞋（わらじ）で、まめでもこしらえたのか、少し足を引きずっている。

しんがりに立つのは、元服前あるいは直後という年ごろの、若衆姿の美少年だった。

平九郎は、あまりに整ったその眉目（みめ）かたちに、一瞬見とれてしまった。

しかし、よく見ればしなやかな体つきや、楚々とした歩き方からして、男ではないことが、すぐに分かった。

このような華奢な美形が、男であるはずはない。

出女（でおんな）に厳しいことから、ときたま男になりすまして、関所を通り抜けようとする女が、いないではない。

とはいえ、今どきそんな姑息な手にだまされるような、甘い関所はどこにもない。

たっぷりと、お灸を据えてやらねばなるまい。

三人連れは、白州に敷かれた毛氈の上に、並んですわった。

番士が、浪人体の侍から書付を受け取って、平九郎に差し出す。

平九郎は、その関所手形を開いて、目を落とした。

男は、公儀若年寄支配、徒目付鹿角半四郎三男、彦輔、三十歳。

それを見て、虚をつかれた。

見かけは、浪人者の風体をしているが、れっきとした御家人の家柄と分かって、いささか当惑する。

気を取り直して、平九郎は先を読み進んだ。

厚化粧の女は、下総大見川淵田家江戸屋敷留守居役、木下仙右衛門長女、りく、三十八歳。

大見川淵田家は、わずか二万石の知行高とはいえ、三河以来の譜代の名家だ。

三人目を見て、平九郎はまたも驚き、口を引き結んだ。

小女、同家江戸屋敷詰普請役坂田藤十郎妹、菊野（きくの）、十五歳、とある。

てっきり、女子が若衆になりすましたものと、そう思い込んでいた。

しかし手形には、まさしく元服前の〈小女〉、と書き入れてある。男といつわれば別だが、これではとがめようがない。

　書き判と印形から、公儀留守居役五人のうちの一人、室賀山城守正頼が給付したもの、と分かる。どう見ても、にせものではない。

　書付を広げたまま、平九郎は鹿角彦輔をじろり、と見た。

　ゆっくりと言う。

「念のため、そこもとご自身の口から、お家の役回りとご姓名を、うかがおう」

　彦輔は、頰の筋一つ動かさずに、低い声で応じた。

「それがしの父は、鹿角半四郎と申し、ご公儀徒目付（かちめつけ）を務めております。それがしは三男の、鹿角彦輔でござる。いわゆる厄介者にて、町屋で一人暮らしをいたしております」

「町屋暮らし、とな。して、暮らし向きは親がかり、ということでござるか」

　めったに、そこまで聞くことはないが、なぜか気になって尋ねる。

　彦輔は、口元にかすかな笑みを浮かべ、ためらう様子もなく応じた。

「いや。親の厄介には、なっておりませぬ。道連れの仕事で、たつきを立てております」

「道連れの仕事、とは」

「ご府内の女子や、年寄りが遠出をするおりに、無事に行き帰りできるよう、付き添う仕事でござる。平たく申せば、用心棒のようなものでございます」

平九郎は、書付を見直した。

「こたびの京都行きも、その道連れの仕事でござるか」

「いかにも。そこに記されているとおり、ここに控える二人の女子を京都まで、送り届ける仕事でござる」

平九郎は、わざとむずかしい顔を、こしらえた。

「手形の記載によると、それなる坂田菊野の行儀見習いのため、とあるが」

「さようでござる」

彦輔が答えるとともに、坂田菊野がこくり、とうなずく。

そのしぐさを見て、平九郎はまた書付に、目を落とした。

菊野については、言葉は話せぬが耳は聞こえる、と添え書きがしてある。

「これによれば、菊野は口をきけぬが、ひとの申すことは聞き取れる、とのこと。聾唖の者で、どちらか一方が子細なしという例は、寡聞にして存知せぬが、まことでござるか」

彦輔の目が、小ばかにしたように、きらりと光った。

「話せることは、いくらでもあかしを立てられますが、口をきけぬあかしを立てるのは、至難のわざでござる」

そう言ってから、菊野に話しかける。

「菊野どの。例のものを」

すると、菊野はふところに手を差し入れ、別の書付を取り出した。確かに、耳は聞こえるようだ。

番士がそれを受け取り、平九郎のもとへ運んで来る。

その書付は、公儀の奥医師土生玄碩（はぶげんせき）がしたためた、菊野の診立て書だった。

それによると、菊野は幼いころの熱病がもとで、声を出すのに必須の喉の襞に、重篤な不都合が生じたため、言語が発せられなくなった、とある。

陪臣の女子のために、公儀奥医師がわざわざ診立て書を書くとは、あまり例のないことだ。

平九郎は、診立て書を折り畳み、番士を通じて菊野にもどした。

あらためて聞く。

「行儀見習いとは、いずれかの公家の屋敷にはいって、教えを受ける含みでござるか」

平九郎の問いに、りくが彦輔を差し置いて、口を開いた。

「恐れながら、申し上げます。わたくしは、菊野さまの御側付を相勤める、りくと申す者でございます。仰せのとおり、いずれかのお公家さまのお屋敷において、行儀見習いをいたす所存でございます。なにとぞ、よろしくお取りはからいのほど、お願い申し上げまする」

そう言って、深ぶかと平伏する。

彦輔も菊野も、少しあわてた風情で、頭を下げた。

頃合いを計ったように、番士が改女を連れ出して来る。

この分では、三人になんの不都合も、見つかるまい。

平九郎は言った。

「この手形の、預かり証を下げ渡す。福島の関所でも、提示されるがよかろう」

そのまま、席を立つ。

坂本宿

行く手に、高い峠が立ちふさがる。

鹿角彦輔は菊野、りくとともに、碓氷の関所を無事に通り抜けて、四半時ほど歩いた。ほどなく、薬師坂という急坂にぶつかった。

安中から、松井田へ向かう途中、逢坂という険しい坂があったが、それに劣らぬ胸突きの急坂だった。

もっとも、江戸から上州のはずれまで、それだけ長く平坦な道が続いた、ということでもある。

薬師坂を越えると、道はふたたび緩やかになった。全体にのぼり方向だが、息が切れるほどではない。

坂本宿に近づくにつれ、その向こうに頭の丸い奇妙な山が、のし上がってきた。椀を伏せたような、おもしろい形の山だ。

めくぼの藤八から、別れる前に見せられた道中案内には、羽根石山としてあった。

りくが足を止め、身をそらしてその山を眺める。

「鹿角どの。あの山が、碓氷峠でございますか」

「いや。あれは、羽根石山という山で、碓氷峠の、いわば前座でござるよ。真打ちは、さらにその奥に、控えております」

彦輔の返答に、りくの肩が目に見えて力なく、すとんと落ちた。

それに気づいたのか、菊野がりくの足元を手で示して、彦輔に小さくうなずきかける。そういえば、前夜松井田宿に着くころから、りくは右足をあまり上げずに、歩くようになっていた。わけを聞くと、足の裏にまめができたのだ、という。

そのため、今朝がた宿を立つ前に、何かのまじないを唱えたそうだ。そんなものが、効くはずはないと思いながら、彦輔も口には出さなかった。

坂本宿

当然ながら、効き目がなかったとみえて、足の具合が前日よりよくなった、という気配は感じられない。

ともかく、このままほうっておくわけに、いかないだろう。

「足はだいじょうぶか、おりくどの」

彦輔が声をかけると、りくは振り向かずに応じた。

「大事ございませぬ。坂本宿で少々休みをとれば、よくなりましょう」

松井田から坂本まで、およそ二里半ほどの道のりだが、関所改めとのぼり坂のせいで、かなり時をついやした。

この先も、まだだいぶある。

りくは、気丈にも竹杖にすがって、ふたたび坂道をのぼり始めた。

弱音こそ吐かぬものの、その足取りはたどたどしく、痛いたしい。しまいには、とうとう右足を引きずって、歩くようになった。

彦輔も菊野も、両側から手を貸そうとしたが、りくはかたくなにそれをこばむ。

ようやく、坂本宿の下手の木戸が見えたときは、すでに朝四つ半を回っていた。

宿場は、中山道沿いにまっすぐ延びており、真正面に鎮座する羽根石山が、ずんと眼前に迫ってきた。新緑に包まれた、針坊主に似た山だ。

街道の真ん中、そして北側の裏手、南側の裏手の三カ所に、用水路がある。一つの宿場に、三本もの用水が流れるのは、かなり珍しい。

それだけに、家並みのきれいにそろった、居心地のよさそうな宿場町だ。

そうでなくても坂本宿は、碓氷峠と関所に挟まれた場所に位置するため、のぼりにせよくだりにせよ、ここに宿を求める旅人が多いという。

藤八の道中案内によれば、旅籠の数も四十軒と、前後の松井田と軽井沢に比べて、はるかに多い。

しかも本陣と脇本陣が、ともに二軒ずつそろっているのは、参勤交代で大名家が二組以上、重なることがあるからだという。

そろそろ昼に近いが、宿場はまだ静かだった。

彦輔たちは、上手側の本陣のそばの、〈油や〉という一膳飯屋を、のぞいてみた。

さいわい、だれもいない奥の板の間に、席が取れた。

名物と称する、上州うんどんとやらを、注文する。

菊野もりくも、よほど腹をすかしていたとみえ、うんどん一本残さず、つゆまできれいに飲み干した。

一息入れて、彦輔は言った。

「りくどの。見たところ、その右足の様子では、碓氷峠はおろか羽根石山も、越えられまい。いささか早いが、この宿場でもう一泊して、英気を養ったらいかがでござるか」

りくは、例のごとくきっとなって、背筋をぴんと伸ばした。

「お心遣いは、無用でございます。今朝がた用いた塗り薬が、効いてまいりました。きょうのうちに、軽井沢まで足を延ばしましょうぞ」

彦輔は、顎を引いた。

「塗り薬。今朝ほどは、まじないを唱えたと、そう言われたはずだが」

「あれは、言葉のあや。わたくしも、まじないを信ずるほど、子供ではございませぬ」

「いずれにせよ、このまま旅を続けるのは無謀、というもの。控えられたがよかろう」

「次の軽井沢宿まで、どれほどの道のりでございますか」

あくまで、行く気のようだ。

「この先に、碓氷峠が控えるゆえ、ざっと三里ほどになりましょうな。平地ならばともかく、男でも一時半から二時はかかるという、長丁場でござる」

三里と聞くと、りくはさすがに頬をこわばらせたが、胸を張って言う。

「三里の道のりなど、どうということはございませぬ」

「途中でまめが破れたら、どうなさるおつもりだ」

「中の悪汁が出れば、治りが早まりましょう」

あまりの頑固さに、彦輔は当惑した。

もし、りくが山中で歩けなくなったら、迷惑するのはこちらだ。

さりげなく、菊野に目を向ける。

菊野も、さすがに不安げな表情になって、小さく首を横に振る。

それを見て、りくが言った。

「菊野さま。ご案じなさいますな。たとえまめがつぶれようとて、命に別条はないこと」

彦輔は、割ってはいった。

「そうはいかぬ。傷口から、病毒が中にはいって、万が一にも膿んだりすれば、大事にいたるでござろう。足を引きずるどころか、立つこともかなわぬように、なりましょうな」

それでも、りくは引かなかった。

「あすの夕刻、藤八どのと追分宿で落ち合うためには、きょうのうちに軽井沢にはいらねば、間に合いませぬぞ」

確かに、裏街道を行く藤八たちとは、そのように手筈を決めてある。しかし、一日二日遅れたところで、どうということはない。

「かりに、りくどのに万一のことがあれば、それがし一人で、菊野さんのめんどうをみなければならぬ。何が起こるか、知れたものではないぞ」

そう威しをかけると、強気一点張りのりくも、さすがに返す言葉を失ったごとく、口をつぐんだ。

こうなったら、奥の手を出すしかない。

彦輔は続けた。

「どうしても、先を急ぐと言い張るご所存ならば、それがしがまめを治す秘術を、施して進ぜよう」

りくは、目をむいて言った。

「秘術とな。さようなものがあるなら、さっそくにも試してみてくだされ」

「いかにも。まずは足袋を脱いで、右足を出されるがよい」

りくは驚き、すわったまますさった。

「何を仰せられる。こうした人目のあるところで、さようなはしたないことを」

それに取り合わず、彦輔は立ち上がった。

「秘術と申しても、まじないのたぐいではない。まめそのものを、手当てするのでござるよ」

そう言って、隅に置かれた衝立を、席のそばに引いて来る。

それを立て回して、座台の並ぶ土間の目を、さえぎった。

彦輔は、菊野を見て言った。

「糸と針を、貸してくれぬか。それに、懐紙とさらしを少々、用意してもらいたい」

菊野は、そばに置いた小葛籠（こつづら）を、引き寄せた。

中から、彦輔が言いつけた針や糸を、手際よく取り出す。

そのあいだに彦輔は、自分の矢立てを引き抜き、墨壺を開いた。そこへ、冷めた茶を少し垂らして、もぐさを湿らせる。

二人の、てきぱきした動きを見て、さすがのりくも観念したらしい。

一度、横ずわりにすわり直してから、足を板の間に伸ばす。

彦輔は、菊野を見て言った。

「りくどのの足袋を、脱がしてやってくれぬか」

それを聞くなり、りくはあわててみずから脱ごうと、手を伸ばした。しかし、指先が届かなかった。

菊野はかまわず、りくの右足を膝に乗せ、足袋を脱がしにかかった。

りくがすまなそうに、菊野に頭を下げる。

「ごめんどうをおかけして、申し訳ございませぬ」

菊野は首を振り、脱がした足袋を脇に置いた。

あらわになった、生白い右足の爪先に、さらしが巻きつけてある。まだ、血はにじんでいない。

彦輔がそれをほどくと、破れる寸前のまめが現われた。水疱が妙に、べとべとしている。

「何を塗ったのだ」

彦輔の問いに、りくはそっけなく答えた。

「松井田の旅籠で、半夏（はんげ）の粉を分けてもらい、それを飯粒で練って、水で溶いたものでございます」

りくの返事に、彦輔は苦笑いをした。

「まあ、毒にはなるまいがな」

それから、菊野が差し出した針に糸を通して、歯で三寸ほどの長さに切った。

その糸を墨壺にひたし、筆の軸尻で押さえつける。糸はすぐに、真っ黒に染まった。

不安げなりくにかまわず、彦輔は水疱の端に針を刺して、反対の端まで一気につらぬいた。

りくは、足をぴくりとさせたものの、何も言わなかった。

ついで彦輔は、針を端から引き出し、水疱の中に糸をくぐらせた。水疱の内側が、糸に含ませた墨で、黒く染まった。

つらぬいた糸から、針をはずして取り去る。糸の両端をつまんで、まめの上で皮を破らぬよう、緩めに結び合わせた。

菊野が、針穴からにじみ出る薄墨色の汁を、懐紙でそっと押さえてふき取る。

彦輔はさらしを取り、手ごろな大きさに切り裂いて、りくの爪先をしっかりと縛った。菊野が、足袋をはかせているあいだに、彦輔は矢立てをしまった。

足袋をはき終わったりくが、彦輔を見て口を開く。

「かようなまめに、墨汁が効くのでございますか。それも、まめをつぶさぬままに」

「半夏に飯粒の練り物と、さして変わりはござらぬ。皮を破らずに、穴だけあけて汁を出すのが、みそといえばみそ。少なくとも、今より悪くなることは、ありますまい」

そう請け合うと、りくは顎を引いて、彦輔を見据えた。

「どこでかような手当てを、学ばれたのでございますか」

「道連れという仕事がら、急場しのぎの手当てだけは、ひととおり身につけております。何ごとも、場数でござるよ」

さらに四半時ほど休んで、彦輔たちは竹筒に水を満たし、坂本宿を出立した。

笠をかぶっても、じりじり照りつける日差しに、たちまち体が汗ばむ。

上手の、木戸に差しかかるあたりから、街道がせり上がるような、のぼり坂になった。あまりの険しさに、坂に段が刻まれている。段の差が小さいため、坂の傾きはさほど緩やかにならず、あまり変わりがないようにみえる。ただの気休め、というおもむきだ。

彦輔は、木戸の脇に置き捨てられた、六尺棒を拾い上げた。

りくに言う。

「竹杖を左手に持ち替えて、右手でこの棒の端をしっかりつかみなさい」

りくはおとなしく、言われたとおりにした。

彦輔は、棒の反対側の端を握り、りくを引くようにして、坂をのぼり始めた。

碓氷峠が控えているため、やはり前後の坂本か軽井沢に、宿をとる者が多いらしい。この刻限に、羽根石山をのぼりおりする旅人は、ほとんど見当たらない。坂本宿のにぎわいが、嘘のようだ。

やがて、のぼるほどに道幅がせばまり、頭上に木々がおおいかぶさってきた。狭い場所は、幅一間にも満たぬほどで、両側とも切り立った崖、という道も少なくない。鬱蒼とした茂みが、日の光をさえぎってくれるが、ふいてもふいても汗が出てくる。坂道に設けられた段も、やがてなくなった。大小の石が、あちこちに転がったり、埋まったりしている。

足元の悪い道に、ゆっくりと歩を進めながら、彦輔はときどき背後を振り返った。相変わらず、りくは右足をひきずっていたが、それでもなんとかついて来る。負けぬ気だけは、人一倍強いようだ。

その後ろにいる菊野は、さすがに若いだけあって、足取りに乱れがない。額に汗を浮かべながらも、元気にのぼり続ける。

彦輔は、百歩のぼるごとに足を止め、息を整えた。

何度目かに一度は、道の脇に立つ木にもたれたり、落石に尻を乗せたりして、疲れた体を休める。

りくと菊野も、彦輔にならった。

それにしても、これほど人の行き来が少ないとは、思わなかった。関所には、そこに旅人がいたはずだが、どこへ消えてしまったのか。

道幅がさらにせばまり、やがて街道というより、ただの山道になった。くねくねした坂を、息を切らしてのぼるうちに、昼なお暗い森林にはいる。

いつの間にか、かいていた汗が引き、肌が冷えてきた。あらためて、かなり高いところまでのぼって来た、ということに気がつく。

やがて、いくらか平らな場所に出た。道端に、半分朽ちた木の腰掛けが、置いてある。彦輔は、りくと菊野をそこにすわらせた。

二人とも、竹筒を取り出して、喉を潤す。

しばらく休んだあと、ふたたび六尺棒の助けを借りて、山道をのぼり始めた。

ほどなく、木立に沿って右へ折れる山道に、差しかかった。崖上に組まれた石垣と、その上に立つ古い小屋が見える。

そこへたどり着いたとき、開いていた小屋の木戸から、野羽織に野袴姿の二人の侍が、ぬっと出て来た。

戸口の脇に、〈堂峰御番所〉と書かれた立て札が、雨ざらしで立っている。

このようなところに、番所があったとは知らず、彦輔は少し身構えた。おそらく、関所破りを見張るためのものだろう。

番士たちが、石段をおりて来る。いずれも小柄だが、手ごわそうな連中だ。

二人そろって、彦輔の後ろに控えるりくと菊野を、無遠慮に眺め回す。

年かさに見える、えらの張った番士が、無愛想に言った。

「そこもとらは、武家のかたがたか」

「さようでござる」

彦輔が応じると、右耳がつぶれたもう一人の番士が、訛りの強い口調で問うた。

「関所の改めを、受けて来られたか」

「いかにも、今朝がた受けてまいった。関所手形はそのおり、番頭にお預けいたした」

彦輔は、背中の小葛籠を下ろし、預かり証を取り出して、番士たちに示した。

そこには、彦輔たちの姓名や出自が、手形そのままに引き写され、関所と番頭の印が押してある。

二人は、順にそれをあらためて、彦輔に返した。

年かさの番士が言う。

「山中は、旅人の行き来も少なく、はなはだ物騒だ。山賊も出るゆえ、気をつけて行かれよ」

堂峰の番所を過ぎると、いっそう道が険しくなった。

旅人を慰めるためか、それとも元気づけるためか、山道の脇に大日如来や馬頭観音(ばとうかんのん)像、石地蔵などが目立つ。

柱が並んだような、細長い割れ目の目立つ岩肌が、あちこちでむき出しになっている。にわかに、その山道が豁然(かつぜん)と開けて、目の前に思いもかけぬ景観が、広がった。

深くえぐれた、緑の山面のあいだから、まっすぐ延びる中山道が、一望のもとに見渡せるのだ。

手前に、のぼって来た羽根石山の、坂道が見える。それが坂本宿に続き、その先に松井田宿へ続く街道が、真一文字に延びている。

人家は、宿場のほかほとんど見当たらず、両側に田畑が広がっているだけだ。彦輔も、このような景色を見るのは、初めてだった。さすがに、息をのんでしまう。りくもまた、まめの痛みを忘れたように、伸び上がってその景色を、じっと眺めた。

その口から、嘆声が漏れる。

「これはこれは、たいした眺めじゃ。のう、鹿角どの」

「いや、まことに。江戸にいては、めったに見られぬ眺望でござるな」

菊野も、当然ながら言葉もなく、この絶景に見入っている。

彦輔は、思い出した。

「そう、そう。きのう、藤八が見せてくれた道中案内に、羽根石山にめったに拝めぬ、とっておきの場所がある、と書いてあり申した。確か、のぞき、と呼ばれる場所でござったが、これに違いあるまい」

「のぞき、でございますか。なるほど、山あいからのぞくこの景色に、ふさわしい名称じゃ」

羽根石山

菊野が同感だとばかり、しきりにうなずいている。

そのとき、背中に四角い荷を負った、商人ふうの男が山道をおりて来た。

男は、人がいるのに驚いたように、足を止めて言った。

「これはまた、めったに人に出会わんところで、ようお目にかかりましたわ。ごきげんよろしゅう」

上方なまりだ。

彦輔も、愛想よく応じる。

「この景色に、見とれていたところだ。たいしたものではないか」

男は荷をおろし、笠を取って汗をふいた。

「ほんにまあ、ええ眺めだっしゃろ。そやかて、わてはようこの山を行き来しますよってに、見慣れとりますけどな」

あばたの残る、中年男だ。

彦輔は聞いた。

「ところで、この山のてっぺんまで、あとどれほどだ」

「ほんの、ちょびっとだす。立場に茶屋がありますよって、お休みになれますわ」

「そうか。それを聞いて、少し元気が出た」

彦輔が言うと、男は軽く眉根を寄せた。

「ただ、くだりにはいって急坂をおりはると、座頭ころがしっちゅう別ののぼり坂が、待ってまんねん。そのとき、用心せなあきまへんで」

「そんなに、急な坂か」

「いんにゃ、ちゃいます。坂のことやあらしまへん。わてが、碓氷峠の方からくだって来たとき、その坂のどん底で怖いお武家はんが、二人がかりでやくざもんを、なぶってはりましたんや。二人がそいつを、林ん中へ引きずり込んだすきに、わては大急ぎで駆け抜けましてん。まだおるかもしれへんし、女子はん連れは気いつけた方がええ、思いますわ。ほな、ごめんやして」

上方者はそう言い残すと、荷をすばやく背負い直し、さっさと山道をくだって行った。りくと菊野が、じっと彦輔を見つめてくる。

二人の侍と、やくざ者か。むろん、思い当たるものがある。

彦輔は、素知らぬ顔をして、二人に言った。

「もう少しのぼると、休むところがあるそうだ。そこで一息、入れようではないか」

りくに、また棒の端を持たせて、山道をのぼり始める。

上方者の言ったとおり、息が切れる間もないうちに、頂上らしき場所に着いた。

木々に囲まれた、それなりに広い平地だ。

確かに、人足や馬子、駕籠（かご）かきなどが休む、立場があった。しかし、狭くて急な坂が多いためか、馬一匹、駕籠一丁も見当たらない。

合わせて、四軒の茶屋が軒を並べており、そのうちの一つは間口三間ほどの、ほかより一回り大きい店だった。

大きな茶屋には、男の旅人が数人いたが、ほかの茶屋は閑散としている。

彦輔は、人足たちが休んでいる茶屋の、すぐ隣の店にはいった。

あいた座台を、一つそっくり使って、荷物を置く。菊野とりくは、草鞋を脱いで座台に正座した。

彦輔は、背中の荷物だけ下ろして、そのまま座台の端に腰をかけた。

すでに日は、中天を大きく回っている。むろん、時の鐘は聞こえないが、八つにはなっただろう。

見たところ、百歳にも手の届きそうな老爺が、茶を盆からこぼしながら、よたよたと運んで来る。

菊野とりくは、山葵の茶漬けを頼む。

彦輔は、いつものように甘酒と、草団子を注文した。

腹ごしらえをしたあと、彦輔はころ合いを計って、二人に切り出した。

「しばらくここで、待っていてもらいたい。この先の、座頭ころがしとやらへ行って、様子を見てまいる」

りくが、背筋を伸ばす。

「先刻、上方の者がのぞきの山道で、何やら申しておりましたが、そのことでございますか」

「さよう。りくどのはここで菊野さんと、それがしのもどりを待つのだ」

りくの頬がこわばる。

「鹿角どのに、万一のことがあった場合は、どうするおつもりじゃ」

「様子をみるだけのこと。かならず、もどってまいる」

「もどって来られなんだら、わたくしたちはいったい、どうなるのでございますか」

彦輔は、声を低めた。

「それがしの小葛籠の中に、関所手形の預かり証と、藤八から預かった支度金の大半が、はいっており申す。だれでもかまわぬゆえ、この立場の者を坂本宿へ使いに出して、宿場役人を呼びなさい」

そこで言葉を切り、何か言おうとするりくを、手で押しとどめる。

「しかし、そうはならぬゆえ、心配はご無用。この彦輔、これまで道連れの仕事を、数えきれぬほどこなしてまいったが、不覚をとったことは一度もござらぬ」

りくは、唇をひくひくさせたものの、何も言わなかった。

菊野が、食い入るように彦輔のことを、見つめてくる。

彦輔は、口元を緩めた。

「安堵しておられよ。何もなければ、すぐにもどってまいる」

そう言って、りくが口を開かぬうちに、腰を上げた。

立場を横切り、碓氷峠へ向かう坂道を、くだって行く。

滑らぬよう気をつけながら、彦輔は考えを巡らした。

りくが、足にまめをこしらえながら、軽井沢行きにこだわったのは、わけがあるような気がする。

それはつまり、途中で例の二人の侍が、彦輔たちを待ち伏せする手筈に、なっていたからではないか。

江戸を立って以来、りくが途中のどこかであの二人と、つなぎをつけた様子はない。

藤八は、彦輔の疑いを軽く見ているようだし、彦輔も確たる自信があるわけではない。しかし江戸を出る前に、場所と日にち、おおまかな刻限を決めておけば、襲撃することもできない相談ではない。

彦輔は、木漏れ日のこぼれ落ちる山道を、気を配りながらおりて行った。

坂をおりきると、上方者が言った座頭ころがしの急坂が、待ち構えていた。

そのとき、どこからか悲鳴が聞こえた。

羽根石山㈡

鹿角彦輔は、耳をすました。

また、悲鳴が聞こえる。

いや、悲鳴というほど甲高くはない。どうやら、男の叫び声のようだ。男が、苦痛を訴えて発する、叫び声に違いない。

あたりを見回すと、座頭ころがしの坂の脇に、木立を分けて斜めにはいる、小道が見えた。

叫び声は、その奥から聞こえてきたようだ。

彦輔は、小道の入り口まで行き、奥の気配をうかがった。木々の陰りで、道筋は薄暗いものの、見通しはさほど悪くない。

これなら、不意をつかれる恐れはあるまい。

刀の鞘を少し引き出し、鐔(つば)の手前をぐいと握って、小道に踏み込んだ。

そのまま小走りに、奥へ突き進む。叫び声はそれきり、聞こえてこない。

曲がりくねった小道を、二十間ほども走り続けて、おおいかぶさる茂みをくぐり抜けると、にわかに開けた崖の縁に出た。

そこは日の当たる草地で、柵に囲まれた縁の向こうは、切り立った崖になっている。

それを越えて、はるかかなたにそびえ立つのは、おそらく浅間山だろう。

崖の手前の地面に、道中合羽が広げられ、その上に後ろ手に縛られた渡世人が、うずくまっている。

そばには、小枝の鞭を手にして立ちはだかる、侍の姿があった。

その侍が、黒い塗笠の縁に手をかけて、彦輔に顔をのぞかせた。

思ったとおり、それは桶川宿で湯をともにした、例の侍たちの一人だった。目つきの鋭い、色の浅黒い方の男だ。

彦輔は、すばやく周囲に目を配ったが、頬骨が張ったもう一人の男は、見当たらなかった。挟み箱をかついだ、中間の姿もない。

縛られた男は、例の二人の渡世人のうちの一人、雁木の鬼吉だった。

鬼吉はうつむいたまま、肩で息をしている。

彦輔は、声をかけた。

「だいじょうぶか、鬼吉」

鬼吉は、のろのろと顔を起こし、面目なさそうに言った。

「申し訳ござんせん。待ち伏せを、食らいやした」

聞かれもしないうちに、互いが仲間同士だということを、明かすかたちになった。

男の顔に、思ったとおりだというような、得意げな笑みが浮かぶ。

それを意にも介さず、彦輔は鬼吉の様子をうかがった。

顔は土で汚れているが、体のどこにも血の出たあとはない。肩や背中を、鞭で打ちすえられただけで、斬られてはいないようだ。

「これは、なんのまねだ」

彦輔が問いかけると、男はせせら笑った。

「おいおい。それは、こちらのせりふだろう。われらのあとをつけるとは、いったいどういう料簡だ」

「つけてなどおらぬ。おぬしらと同じように、中山道をのぼっているだけよ」

「そうは思えぬな。この渡世人が、おぬしらと気脈を通じていることは、先刻承知だ。しらを切っても、むだというもの」

確かに、そのとおりだ。

彦輔は、正直に言った。

「おぬしらが、おれたちに妙なまねをせぬよう、目を光らせているだけのことさ」

男はあらためて、彦輔を頭のてっぺんから爪先まで、じっくりと見直した。

「確かおぬし、鹿角彦輔とか申したな。桶川の湯屋で、そう聞いた覚えがあるが」

「そのとおりだ。やましいことがないなら、おぬしも名乗ればよかろう」

男が、鼻で笑う。

「そうよな。さよう、まるいかくべえ、とでもしておくか」

彦輔は、丸井角兵衛という字を、思い浮かべた。

いかにも、嘘らしい名前だ。

「それでは、丸井角兵衛うじとやら。何用あって、おれたちをつけねらうのか、聞かせてもらおう」

丸井角兵衛と名乗った男は、皮肉に口元をゆがめた。

「くどいな、おぬしも。言いがかりをつけるのも、いいかげんにしておけ。おぬしが勝手に、そう思い込んでいるだけではないか。われらが、何をしたと言うのだ」

そううそぶいて、鞭で袴の裾をぴしり、と叩く。わずかに、砂ぼこりが舞い上がった。その、いかにももったいぶった応答に、彦輔はいらだった。

そのとたん、はっとする。

角兵衛がのんびりと、こちらの相手をしているのは、時を稼ぐためではないか、と気づいたのだ。

「おぬしの連れは、どうしたのだ。それに、中間もおらぬようだが」

彦輔の性急な問いに、角兵衛の返事がわずかに遅れる。

「一足先に、軽井沢へ向かったわ。おぬしの相手は、おれ一人で十分だからな」

そう応じた角兵衛の目に、かすかな揺れが生じたのを、彦輔は見逃さなかった。

彦輔は、ものも言わずに身をひるがえし、もとの小道に飛び込んだ。

あわてて、呼びかける角兵衛にかまわず、猛然と小道を駆けもどる。

鬼吉を痛めつけ、声を上げさせたのは、自分を呼び寄せる罠だった、と悟る。

彦輔が、菊野とりくのそばを離れ、様子を探りに来るのを見すまして、もう一人の男が峠の立場に、向かったに違いない。

中間は、それを知らせるつなぎ役を、務めたのだろう。

彦輔は、座頭ころがしの坂下に出るなり、今度は羽根石山の峠に向かって、坂を駆けのぼった。

思えば、〈のぞき〉ですれ違った上方者も、あの侍たちに金で雇われ、わざわざ座頭ころがしの話を持ち出して、彦輔の気を引いたのかもしれぬ。

駆け続けたせいで、さすがに胸が苦しくなり、途中で足を止めた。

息が上がったままでは、菊野たちを取りもどすのに、力が出ない。

道端の木に手をつき、荒い息を吐きながら考えた。

角兵衛の相棒も、まさかほかに客や人足がいる茶屋で、真っ昼間から女二人に斬りつけるような、ばかなまねはしないだろう。何か口実をもうけて、二人を人けのいないところへ、連れ出すはずだ。

その上で、こちらと逆方向の坂本宿へ、また引き返すに違いない。あるいは、抜け道を使って別の場所へ逃げる、という手もある。

彦輔は息を整え、あらためて山道をのぼりにかかった。

のぼりながら、背後にも目をくばる。角兵衛なる男も、あとを追って来るやもしれぬ。鬼吉のことが気にかかるが、よもや角兵衛もとどめを刺すまでは、やらないだろう。だれもいない山中にせよ、人を殺せばただではすまないからだ。

やっと、峠の立場まで駆け上がると、そこは何ごともなかったように、静まり返っていた。

急いで、先刻足を休めた茶屋へ、駆け込む。

案の定菊野もりくも、姿が見えなかった。座台に残るのは、彦輔の荷物と塗笠だけだ。彦輔はそれを手に取り、奥で茶を飲んでいる老爺に、呼びかけた。

「おやじ。ここにいた、女子二人はどこへ行った」

老爺が、のろのろしたしぐさで、耳に手のひらを当てる。

「なんか、言っただかね」

耳が遠いらしい。

これでは、らちが明かない。

彦輔は隣の茶屋へ回り、酒を飲んでいる人足たちに、菊野たちのことを尋ねた。

すると、赤黒い顔をした人足の一人が、茶屋の裏手を顎で示し、大声で言った。

「この裏に、崖道があるだ。そこをおりて行ったげな」

「まことか。見ていたのか」

念を押すと、人足はこめかみを掻いた。

「見ちゃいねえが、迎えに来たお武家さんと一緒に、店の裏へ回ってったきり、もどって来ねえからの」

「崖道はどこへつながるのだ」

彦輔の問いに、人足は鉢巻きをはずして、顔をぬぐった。

「そこをおりて行ぐと、座頭ころがしの坂の下に、出るだよ」

くそ、と思わず悪態をつく。

彦輔は身をひるがえし、小葛籠と塗笠を持ったまま、また座頭ころがしを目指して、猛然と山道を駆けおりた。

焦るあまり、足を滑らせて転び、したたかに腰を打つ。

あわてて、手にした荷物を背負い、笠もかぶり直した。

それにしても、菊野はともかくりくまでが、おとなしく見知らぬ侍について行く、というのは腑に落ちぬ。

やはり、りくが侍たちと示し合わせて、菊野を一緒に連れ出したのではないか。そう考えたくもなる。

道連れの仕事を始めてから、こんな具合に鼻面を引き回されたことなど、ほとんど記憶にない。久びさに、頭に血がのぼった。

崖道は、おそらく幅が狭い上に、足場も悪いに違いない。座頭ころがしまで、そこそこに時がかかるだろう。

ならば、山道を駆けおりる方が早く、まだ間に合うかもしれない。

ようやく、座頭ころがしに臨む窪地に、駆けもどった。

そのとき、先刻駆け出て来た小道の奥から、叫び声が聞こえた。

「鹿角どの、鹿角どの。どこにおられるのじゃ。われらはここじゃ、ここじゃ」

まぎれもない、りくの声だった。

彦輔は、ふたたびその小道へ飛び込み、奥の崖縁を目指して走り出した。

今の今まで、坂を必死に駆けのぼり、駆けくだりしたせいで、ひたいに汗が噴き出し、目にまで流れ込む。

それを袖で拭い、ひたすら走り続けた。

なんの脈絡もなく、めくぼの藤八とかなめは、うまく関所破りをやり遂げたか、という考えが頭をよぎる。

邪念を振り払い、ひたすら駆け続けた。心の臓が飛びはね、喉の奥がふいごにあおられたように、熱く燃えだす。

駆けているうちに、またも助けを求めるりくの声が、木々のあいだから届いてくる。

崖縁に出る、すぐ手前の茂みで、彦輔は一度足を止めた。

大きく肩を上下させて、ひとまず息を整える。

それから、おもむろに茂みをくぐって、草地へ踏み込んだ。

そのとたん、脇の草むらから飛び出した男が、ものも言わずに打ちかかって来る。

彦輔は、とっさに身をかわして、刀を抜き合わせた。

見ると、黒地の看板（法被）を着た中間が、手にした木刀を構え直して、また打ちかかろうとする。

彦輔は、中間に鋭い太刀風を浴びせ、相手がひるむすきに手元へ飛び込んで、得物を奪い取った。

首筋に刃先を擬したまま、奪った木刀を背後の茂みに、投げ捨てる。

同じ手で、中間の襟首をむんずとつかみ、その場に引き据えた。どんぐりまなこの、四十がらみの男だ。

草地の奥に、目を向ける。

崖縁の柵を背に、それぞれ菊野とりくを盾にして、二人の侍が立ちはだかっていた。

二人とも、女たちの肩に抜き身を当て、彦輔の動きを制する構えだ。

一人はもちろん、丸井角兵衛と名乗った、例の男だった。

もう一人は、頰骨の張った相方の侍で、この男が立場から崖道を抜け、菊野たちをここへ引き立てて来たに違いない。

その脇には、例の道中合羽の上に、雁木の鬼吉が縛られたまま、横たわっている。猿ぐつわをかまされ、身動き一つしないところをみると、意識がないようだ。

彦輔は、中間の横鬢を刃先の腹で、軽く叩いた。

中間がのけぞり、その刃を避けようとする。

彦輔は、角兵衛に目を向け、さりげなく聞いた。

「おぬしの相方は、なんと申す御仁だ。姓名を、うけたまわろう」

この期に及んで、そんな問いが飛んでくるとは、思っていなかったらしい。

角兵衛は、一瞬とまどったように、相方をちらりと見た。

それから、小ばかにしたように唇をゆがめ、わざとらしくのんびりと答える。

「そうよな。なかやま、みちのすけ、とでもしておくか」

彦輔は苦笑した。

「中山道之助か。いかにも、中山道を旅するにふさわしい、いい名前だ」

そう言ってから、表情を引き締めて続ける。

「では、丸井うじに中山うじ。この中間と、お手元の女子二人を相対で、引き換えてもらおうか」

角兵衛と道之助は、一瞬きょとんとした様子で、顔を見合わせた。

道之助とやらが、彦輔に目をもどして言う。

「ばかも、休みやすみに言え。一人と二人では、釣り合いが取れまいが」

かまわず、彦輔は続けた。

「これは、うっかりした。もう一人いるのを、忘れていた。そちらの人質は、そこに転がる渡世人と合わせて、都合三人だ。こちらの一人と三人で、取引しようではないか」

角兵衛が口を開くより早く、りくがきりりと眉を逆立てて、申し立てる。

「気でも、おふれあそばしましたか、鹿角どの。それではますます、釣り合いが取れませぬ。そこの渡世人など、勘定に入れることはござらぬ。早う、その中間を解き放って、菊野さまとわたくしを、お助けくださいませ」

口の端から、泡を吹かぬばかりの勢いだ。

一方、道之助に捕らわれた菊野は、両の拳を強く握り締めたまま、少しも表情を変えることなく、聞き耳を立てている。

小太刀を、腰に差したままなのを見ると、角兵衛らはそれをただのお飾り、とみなして取り上げなかったらしい。

角兵衛が言う。

「二人だろうと三人だろうと、中間一人と引き換えでは、話にならぬ。そもそも、だいじな人質を中間風情と交換せよ、とは虫がよすぎるぞ」

彦輔は、中間の襟首をつかんだまま、横鬢から刃を引いた。

「中間。おまえの名は、なんと申す」

突然聞かれて、中間はとまどいながらも、神妙に答える。

「三平、と申します」

「おまえ、渡り中間か、三平」

「さ、さようで」

「ならば、さっさとやめた方がりこうだな、三平。おまえに木刀で、おれを打たせようとしたやつに、中間風情と呼ばれたのだ。へたをすれば、おれに斬られていたかもしれんのだぞ」

三平と名乗った中間は、唇をぐいと引き締めただけで、何も言わない。

角兵衛が、三平を見て言い訳するように、声をかける。

「そやつのほざくことなど、気にするでないぞ、三平。かたがついたら、それなりの手当をはずんでやる」

彦輔は笑った。

「ここでおれに斬られたら、手当もくそもないぞ、三平。たった今、おれの側に寝返るのがりこう、というものだ。そうすれば、倍の手当を払ってやる」

それを聞いて、角兵衛があわてたように割り込む。

「待て待て、待て。三平を放してやれ。そうしたら、この付き添いの大年増を、返してやるわ。それで、文句はあるまい」

それを聞くなり、りくはきっとなって、背筋を伸ばした。

「何を申すか、無礼な。みどもより、まずは菊野さまを放すのが、礼儀であろうが」

角兵衛が笑う。

「おまえなど、人質の勘定にはいらぬわ。その方らにとって、何よりだいじなのは、そこにいる若衆姿の、おひいさまであろうが」

そう言って、菊野に顎をしゃくる。

彦輔は、唇を引き結んだ。

角兵衛が口にした、おひいさまという呼び方が、なぜか冗談めかしたようには、聞こえなかった。

角兵衛に、目を据える。

「おぬしら、何がねらいだ。その二人を、どうするつもりだ」

角兵衛は、鼻で笑った。

「これほどの美形ならば、京の島原あたりに売っても、それなりの金になろうて」

その無遠慮な物言いに、彦輔は眉根を寄せた。

菊野に、目を向ける。

確かに聞こえたはずだが、菊野はおびえた様子を見せない。また、怒りをあらわにするでもなく、口元にかすかな笑みさえ、浮かべている。

意味が分からないのか、はたまた冗談、と割り切ったのか。

その、平然とした様子に、かえって当惑する。

いずれにせよ、菊野は島原で高く売れようが、りくの方は売りものになるまい。そう思うと、つい苦笑も出そうになる。

それをこらえて、彦輔は無理にまじめな顔を、こしらえた。

角兵衛に、目をもどす。

「これまでの道中、おぬしらは差し料に、柄袋(つかぶくろ)をかけていたはず。羽織は無紋ながら、公用の旅、と見たは僻目か」

彦輔の詰問に、角兵衛は口元を引き締めただけで、答えようとしない。

彦輔は続けた。

「まめに、月代をしているところを見れば、無頼の浪人とも思えぬ。いずれのご家中だ」

道之助が、口を開く。

「おぬしごときに、家名を告げる義理はない。公用だろうと私用だろうと、大きなお世話よ」

「ならば、こちらになんの用がある。まさかに、その二人を島原へ売るなど、本気ではあるまいが」

そう決めつけたが、角兵衛はぐいと唇を引き結んで、答えようとしない。

さらに続ける。

「かりにも、その二人を傷つけたり、あやめたりするのが目当てならば、ここでおれがもどるのを、待つはずがない。いったい、何がねらいだ」

道之助が、まるめた拳を口に当てて、しかつめらしく咳払いをする。

「おぬしが、何かと当方に難癖をつけたり、渡世人にあとをつけさせたりするゆえ、礼儀を教えてやろうとしているのだ」

彦輔は口をつぐみ、考えを巡らした。

納得はできないが、確たる証拠がないからには、これ以上問い詰めてもしかたがない。桶川の手前で、二人組の黒頭巾の賊が、襲って来たときのことを、思い返す。

そのおりの二人が、目の前にいる角兵衛と道之助かは、なんともいえぬ。

同じ二人組、と断をくだすほどの証拠は、何もない。めくぼの藤八も、同じようなことを言っていた。

これ以上言いつのっても、時をむだにするだけだ、と考え直した。

いっそ、早めに事を収めてしまおう、と肚を決める。

彦輔は、中間に突きつけた刀を引き、鞘に収めた。

「あい分かった。そこもとらの言うとおり、はっきりした証拠は何もない。これまでのこと、こちらの思い違いだとすれば、このとおりおわびいたす」

口調をあらため、そう言って頭を下げた。

角兵衛も道之助も、一瞬面食らった様子で、言葉が出ない。

彦輔は続けた。

「三平をそちらにお返しして、今後難癖をつけるのはやめる、と約束もいたそう。それゆえ、そこもとらも人質三名を、解き放っていただけまいか」

下手に出ると、道之助がまた咳払いをして、口を開く。

「これだけ、われらをわずらわしておいて、おわびいたす、だけですむと思うのか」

「よもや、雲助並みにわび料を出せ、との催促ではございませんな」

彦輔が皮肉に言い返すと、道之助はぐっと詰まった。

角兵衛が口を出す。

「わびるだけなら、三歳の童子でもできる。一人前の武士ならば、それなりの作法が見せる。

その驚きように、むしろ彦輔の方が、驚いた。りくもわずかに、うろたえた様子を

角兵衛と道之助が、ぎょっとしたように目を見開く。

「それなりの作法、とな。では腹を切れ、とでも言われるか」

あろう」

これしきのことで、ほんとうに腹を切るあわて者がいる、とでも思ったのか。

角兵衛も道之助も、りくと菊野に突きつけた刀を、ゆっくりと下ろした。

少し考えた角兵衛が、皮肉めいた笑みを浮かべて言う。

「腹を切れ、とまでは言わぬ。そのかわり、そこに土下座してわびを入れよ」

土下座ときたか。

彦輔はわざとらしく、笑みを浮かべた。

「お安いご用でござるよ」

そう言いながら、塗笠を脱いで、地に投げる。

すぐさま膝をつき、その場に正座した。りくが顔色を変え、何か言おうとする。

しかし、それより早く彦輔は地に拳をつけ、頭を下げた。

「ご無礼の段、ひらにご容赦願いたい。このとおりでござる」

わびを述べて、顔を起こす。

角兵衛も道之助も、毒気を抜かれた体で、彦輔を見つめた。まさか、ほんとうに土下座するとは、思わなかったのだろう。

彦輔は口を閉ざしたまま、平然と二人の顔を見返した。

すると、にわかに角兵衛がずかずかと、無造作にそばにやって来た。

いきなり、手にした刀を振り上げ、彦輔目がけて勢いよく、振り下ろす。

りくの悲鳴が、周囲の木々のあいだに、こだました。

角兵衛の刀は、彦輔の頭上五寸ほどのところで、ぴたりと止まった。

地に座したまま、彦輔は微動だにしなかった。

とはいえ、さすがに背筋が引き締まり、一瞬息を詰める。

動かなかったのは、角兵衛の太刀筋に殺気がなく、こちらの出方を見る試しわざだ、とひらめいたからだ。

りくが、へなへなと地に崩れ落ちるのが、目の隅に映る。

半ば喪心した様子に、菊野が急いでその体を支え、抱き起こした。

青ざめたりくは、菊野の腕にすがるようにして、なんとか立ち上がった。

物言いたげに、もぐもぐと口を動かしたが、言葉にならない。

彦輔も体を起こし、裁着袴(たっつけばかま)の汚れを払い落とした。

角兵衛が、小ばかにしたように唇をゆがめ、刀を引いて腰にもどす。

彦輔は塗笠を拾い上げ、かぶり直した。

角兵衛の太刀風は鋭く、頭上五寸でぴたりと止めたわざは、やはりただ者ではない。まともに立ち合えば、苦戦をしいられる遣い手だ。

道之助も、あざけるような笑みを浮かべて、刀を収めた。

「どうした、鹿角どのとやら。角兵衛の太刀筋に、体がすくんで動けなんだか」

「やめておけ。これで懲りただろう」

角兵衛が、余裕のある口調でたしなめる。

道之助が、すわり込んでいた中間に、声をかけた。

「三平、行くぞ」

三平があわてて、草むらに置いてあった挟み箱を、かつぎ上げる。

角兵衛は、歩きだす二人をちらりと見やり、彦輔に目をもどした。

「われらはこれより、軽井沢へ向かう。おぬしらも来るなら、あとからゆっくり来るがよい」

そう言い捨てて、道之助のあとを追おうとする。

突然、菊野がりくから手を離し、ざざっと土を踏んで角兵衛の背へ、一飛びに迫った。その気配にはっとして、角兵衛が振り向く。

菊野は、いきなり小太刀を引き抜き、角兵衛に斜め下から鋭く、一撃を浴びせた。

角兵衛は、不意をつかれて体勢を崩しながら、危うく飛びしざった。

菊野の刃先は、角兵衛の塗笠の前側を、もののみごとに斬り裂いた。

だらり、と開いた笠のあいだから、驚いたような顔がのぞける。

「何をする、この小娘が」

碓氷峠　借宿

聞きしに勝る難路だ。

菊野とりくはもちろん、鹿角彦輔も延々と続くのぼり道に、閉口した。途中何度も、足を休めなければならなかった。

元気なのは、雁木の鬼吉だけだ。

鬼吉は、丸井角兵衛と中山道之助に、かなり痛めつけられたはずだが、まったくこたえた様子がない。

鬼吉に言わせると、二人にあらがってもむだだと、はなからあきらめた、という。

岩陰で待ち伏せされ、肩先に一撃を食らったとき、これはだめだと思ったそうだ。

よくも悪くも、見切りをつけるのが、早いらしい。

確かに、鬼吉の右肩には痣がのできていたが、骨が折れるほどではなかった。背中も、多少赤くなっているものの、あとに残らぬ程度の打ち傷だ。自在に、手加減できるところからすれば、やはり二人とも相当の遣い手、とみてよかろう。

四人が、木の茂みのかぶさる道に差しかかったとき、軽井沢の方からやって来た、行商人らしい男が、声をかけてきた。

これから向かう山道は、頭上の葉陰にひそむ山蛭が、人の血を吸いに落ちてくる。ことに、このような曇りがちの日には、用心した方がよいと、親切にも教えてくれたのだ。

見ると、男の菅笠や桐油(とうゆ)引きの合羽に、それらしき黒光りするものが、いくつも張りついている。

男に礼を言って、四人とも笠をかぶり直し、道中合羽を着た鬼吉以外は、桐油合羽を身にまとった。

男が教えてくれたとおり、山道をたどるあいだに山蛭が、ぼとぼとと落ちてきた。

それにかまわず、四人は足を止めずに、歩き続けた。とにかく、できるだけ早く山蛭の山道を、抜けなければならない。

りくは肩を縮(ちぢ)め、前のめりになりながら、足のまめなど忘れたように、小走りに道を急ぐ。

そのうちに、空をおおっていた雲が、少しずつ切れ始めた。日差しが強まると、木漏れ日で山道が明るくなり、山蛭の襲撃がやんだ。

それでも用心して、笠も合羽も身につけたまま、ひたすら先を急いだ。山道はいっそう細く、爪先上がりにきつくなる。

坂本宿から軽井沢宿まで、およそ三里だという。

曲折の少ない平地ならば、男でおよそ二時、女でも二時半ほどの道のりだ。しかし、今越えつつある碓氷峠のせいで、とてもそうはいかない。

ただ、峠を越えれば軽井沢まで、くだりの山道になる。それまでの辛抱だ。

例の角兵衛、道之助の二人は健脚のようだから、この日のうちに軽井沢を過ぎ、次の沓掛宿まで足を延ばすかもしれない。

男だけなら、彦輔も無理をして歩き続けるところだが、菊野とりくが一緒では、そうもいかない。軽井沢で、泊まるしかあるまい。

正直なところ、彦輔自身も羽根石山の坂道を駆け足で、のぼったりおりたりしたので、相当疲れている。とりあえず、ちゃんとした休みをとらねば、体が続かない。

ようやく、道中案内にも載っている、熊野神社の森が右手に現われた。高い石垣に挟まれた、境内に上がる長い石段が、目にはいる。

石段の上にのぞく楼門に、〈熊野皇大神社〉と金箔で書かれた額が、かかっている。

道中案内には、日本武尊ゆかりの神社、と書いてあった。

その本宮が、上野と信濃の国境に当たる、という。境内が二つの国に、またがっているのだ。

石段を、のぼりおりする旅人の姿が、いくつか見える。その多くは、軽井沢からやって来た、関八州行きの旅人だろう。

逆に、長い峠をのぼって軽井沢へ向かう者は、おそらく高い石段を見ただけで、上がるのをためらうに違いない。

石段の下に、いくつか茶屋が並んでおり、そこで休む旅人の姿も少なくない。あいた座台もあり、疲れた足を休めるには、かっこうの場所だ。

「ここから軽井沢までは、緩やかなくだりの山道になるはず。ひとまず、この茶屋で一息入れるといたそう」

彦輔が言うと、りくはほっとしたように、腰を伸ばした。

彦輔は、茶屋の親爺に声をかけ、女用の新しい菅笠を二つ、買い入れた。自分用の塗笠と、鬼吉用の三度笠はあいにく、売っていなかった。

親爺に余分の金を払い、山蛭の張りついた菅笠と、桐油合羽の始末を頼む。合羽が必要になれば、また買えばいい。

それから、鬼吉と二人がかりで塗笠、三度笠に張りついた山蛭をはがし、草むらに捨てた。

茶屋にはいろうとすると、菊野が石段の方を指さして、柏手を打つしぐさをした。まずは、熊野神社にお参りをしたい、ということらしい。

それを察したらしく、りくが首を振って言う。

「それはどうか、お控えくださいませ。わたくしは、足のまめがまだ痛みますし、先ほどの騒ぎで鹿角どのも、さぞかしお疲れでございましょう」

すると菊野は、人差し指を自分の鼻に向け、次にそれを立ててみせた。どうやら、一人でものぼる、と言いたいようだ。

りくは、困ったような顔をして、彦輔を見返った。

「不調法ながら、わたくしはこの茶屋で、待たせていただきます。間違いのないように、鹿角どのが菊野さまに、付き添ってくださいませ」

それくらいのことは、言われなくても分かっている。

「承知いたした。鬼吉。おまえは、念のためおりくどのと、ここに残ってくれ」

「へい」

鬼吉は、とまどいながら返事をして、ちらりとりくの顔を見た。

りくはそっぽを向き、目を合わせようとしない。

もともと、りくは鬼吉と蛇の目を、好ましく思っていない。ただ、自分たちの旅の手助けをしてくれる、と知って文句を言わずにいるだけだ。

荷物を鬼吉に預け、彦輔は菊野と一緒に、茶屋を出た。

先に立って、石段をのぼり始める。石段は高く、四、五十段はありそうだ。

さりげなく、左右の木立に目を配る。角兵衛、道之助はともかく、何者かがねらっていないとも限らず、用心するに越したことはない。

しかしあやしい気配は、どこにもなかった。

後ろを見ると、菊野はまっすぐ前を向いているものの、やはり石段の左右に目を走らせている。

油断を見せぬ振る舞いだ。

彦輔は、座頭転がしをはいった崖の上で、菊野が角兵衛の塗笠を斬り裂いた、先刻の出来事を思い起こした。

菊野が、角兵衛の背後に迫ったあのとき、土を強く蹴るざざっという足音が、耳を打った。

菊野自身には聞こえないにせよ、みずからの足に伝わる土の感触で、角兵衛が襲撃の気配に気づくことは、分かっていたはずだ。

案の定、角兵衛はすばやく振り向いて、身構えた。

時をおかず、菊野は小太刀を抜き放ち、下から角兵衛を斬り上げた。

角兵衛は、危うく飛びしざって、その一撃を避けた。

小太刀の切っ先は、かろうじて角兵衛の塗笠に届き、前側を斬り裂いたのだった。

しかし角兵衛は、刀の柄に手をかけたものの、抜き合わせようとはしなかった。

菊野もまた、二の太刀を打ち込まずに、あっさり刀を鞘にもどした。

角兵衛は、斬り裂かれた塗笠のあいだから、驚きのこもった目で菊野をにらんだ。

菊野は、かすかな笑みを口元に浮かべ、角兵衛を見返した。

二人は、五つ数えるほどのあいだ、そのままじっと向き合ったままでいた。

やがて、角兵衛はくるりときびすを返し、道之助を促して歩き去ったのだった。

おそらく角兵衛は、自分が菊野に試されたことを、悟ったに違いない。


四月八日。

江戸をたってから、すでに六日目を数える。

めくぼの藤八、勧進かなめ、蛇の目の六郎兵衛の三人は、朝五つを過ぎるころ初鳥屋の旅籠、鶴屋を出立した。

宿場に湯屋はなく、そこが内風呂を備えたただ一軒の、ちゃんとした旅籠だった。

裏庭に大きな風呂小屋があり、ほかの旅籠の客もはいりに来るので、よくにぎわっていた。

三人は前日、夕飯を挟んでたっぷりと眠り、この朝も少し遅めに宿を出た。

緩やかながら石ころが多く、なんとも歩きにくいのぼり坂が、延々と続く。ときどき、汗ばんだ体を日陰に休めて、息を継がねばならなかった。

中山道も、旅人の数はさして多くなかったが、この裏街道はさらに少ない。

かなめの目にも、行き来する人びとのほとんどが、近隣近在の者たちと知れた。

荷車や馬で、荷物を運ぶ者が目立つのは、碓氷の関所を嫌うというよりも、やはり道の険しい碓氷峠を、避けるためだろう。

天気がいいせいか、木立に囲まれた道を通っても、山蛭は落ちてこなかった。

かなめは、山蛭に襲われた藤八と蛇の目の、尋常ならぬあわてぶりを見たので、同じ目にあうのはごめんだった。

途中、人家らしい人家はほとんどなく、たまに茶屋が目につくくらいだ。一つ見過ごすと、どれほど間があくか分からず、出くわすごとに足を休めた。

妙義山を右手に見ながら、山道を歩き続ける。

あまり、道が曲がりくねっているので、どの方角へ向かいつつあるのかは、日の高さや向きを確かめて、見当をつけるしかない。

おおむね、北の方へ向かっていることは、確かだろう。

かなめは、前を行く藤八の背中に、問いかけた。

「望月重兵衛に、樋口兵庫とかいう二人組の追いはぎも、この街道を行ったのかねえ」

「そりゃ、どうかな。ここは中山道の裏街道で、目につきやすい。信州につながる道は、ほかにもあるはずだ。連中は、もっと南を走る山道へ、抜けたんじゃねえかと思う」

「今ごろはとうに、信州へ逃げ込んでしまったろうね」

「たぶんな」

かなめは、話を変えた。

「そういえば、もう一つ別の、二人組のお侍が、いたじゃないか。あの二人連れは、どうしたろうね。まさか、彦さんたちを襲ったりは、していまいね」

そう言うと、後ろを歩く蛇の目が、口を開いた。

「鬼吉が、あの二人組のあとをつけておりやすから、不意をつかれる心配は、ございせんよ」

「だといいけれど」

昨夜たっぷりと寝たので、三人とも足取りは軽かった。

しばらく行くと、上州と信州の国境を示す石標が、道端に立っていた。

道は相変わらず、緩いのぼり坂だ。碓氷峠が、どれほどの難所かしれないが、それよりはずっと楽だと思いたい。そう考えれば、さして苦にもならない。

街道沿いに、左右にうねった川が流れており、馬柱木という村を過ぎてから、土橋を三つも渡った。

相変わらず人家は少なく、一里ほどのあいだにわずか二軒、目にしただけだった。

油井村を過ぎると、真正面に悠然と煙を吐く、浅間山とおぼしき高い山が、姿を現わした。

さらに小一里ほどで、あちこちに焼け石の転がる、広い街道にぶつかった。

大きく、〈中山道〉と彫り込まれた、木標が見える。

右へ行けば〈沓掛〉、左へ向かえば〈追分〉と、矢印も出ている。

思いのほか早く、中山道に出たと知って、蛇の目がうれしそうに小躍りした。

「ここが、借宿でござんすよ、兄貴。だいぶ前に、あそこの茶屋で、休んだ覚えがありやす」

藤八も、顔をほころばせる。

「それじゃ、間違いあるめえ。ひでえ目にあって、だいぶ遠回りをしちまったが、なんとか本道へもどったぜ」

かなめは、喉が渇ききっていたので、真っ先に茶屋に向かって、足を急がせた。

藤八も蛇の目も、負けじとあとを追って来る。

水で喉をうるおしたあと、味噌汁に握り飯、餅、あぶらな、わらびの煮つけなどを頼んで、腹ごしらえに取りかかった。

日はちょうど、中天にかかっていたが、葭簀越しに涼風が吹き込んできて、疲れがすっと抜けるようだ。

「追分まで、あとどれくらいだろうね」

かなめが聞くと、蛇の目がわけ知り顔で答える。

「おいらの見立てじゃあ、ざっと二十五、六町ってとこでござんしょう」

藤八が乗り出した。

「一里もねえのか。すると、のぼり坂だとしても、半時足らずってとこだな」

「へい。ちょいと、早く着きすぎるくらいで」

かなめは、味噌汁を飲んだ。

「彦さんたちだって、負けちゃいないだろう。もう、着いているかもしれないよ」

藤八が手を振る。

「先を争っても、しかたあるめえ。きょう中に落ち合えれば、それでいいのよ」

早くも、蛇の目が食べ終わって、大きく伸びをする。

「腹ごなしに、そのあたりをざっと見てまいりやす」

そう言い残し、茶屋を出て行く。

かなめは、茶を運んで来た親爺に、問いかけた。

「ちょいと、ものを尋ねるけれど、きょうあたりこの茶屋にお侍一人と、女子二人の三人連れが、立ち寄らなかったかい」

親爺は、首を振った。

「こんち、あまっこの客はおめさんが、しょっぱなだわな」

「女子といっても、一人は若衆に姿を変えた、きれいな娘さんなんだけどね」

また、首を振る。

「そんねん、めめいいあまっこが来なしたら、いっそ忘れんずら」

よく分からないが、どうやら立ち寄った気配はなさそうだ。

そのとき、外へ出て行った蛇の目が、頓狂な声を上げた。

「兄貴、姐さん。軽井沢の方から、鹿角の旦那たちがおそろいで、やって来やすぜ」

かなめも藤八も、あわてて外へ飛び出した。

蛇の目が示す道のかなたに、遠目にも鹿角彦輔らの一行と分かる、四人連れの姿が見えた。

まだ、一町ほども離れているが、向こうもかなめたちに気づいたとみえ、手を振り始める。

離ればなれになったのは、ほんの一日半ほどのあいだだが、ずいぶん久しぶりのような気がして、かなめは心がはずんだ。

鬼吉と菊野が、申し合わせたように足元を乱し、こちらへ駆け出して来る。

りくは二、三歩踏み出したものの、足を止めて二人に何か、呼びかけた。

しかし、鬼吉も菊野も耳をかそうとせず、駆け続ける。

りくは、怒ったように肩をいからせて、彦輔を見返った。

彦輔は、われ関せずといった風情で、悠々と歩き続ける。

そばまで駆けて来ると、菊野は飛びつくようにかなめの手を取り、満面の笑みを浮かべて、上下に振り立てた。

その、すなおな気持ちの表わし方に、かなめはとまどいながらも、胸を打たれた。

「菊野さん、ご無事でようございましたね」

声をかけると、菊野はうれしそうに何度もうなずき、手を強く握ってきた。

その目が、かすかにうるんでいるのに気がつき、かなめも危うく涙が出そうになる。

それほどまでに、菊野が自分に会いたがっていたとは、思いも寄らなかった。

すぐ隣で、鬼吉と蛇の目が抱き合わぬばかりに、再会を喜んでいる。

そばで藤八が、あきれたように首を振りながら、苦笑いを漏らした。

やがて彦輔とりくも、茶屋にたどり着いた。

塩名田宿　芦田宿

その日。

鹿角彦輔の一行は、借宿の茶屋で休んだだけで、追分の宿場を素通りした。まだ日が高く、行けるだけ先へ行こうと、話がまとまったのだ。

小田井、岩村田をへて塩名田（しおなだ）宿まで、一気に足を延ばすことにする。借宿からは、およそ四里半を超える、かなりの長丁場だ。

道みち藤八は、菊野とりくの世話焼きを、かなめに任せた。また、鬼吉と蛇の目を先頭に立たせ、自分は彦輔としんがりを務めた。

歩きながら彦輔に、妙義道から下仁田街道をへて、借宿へ抜けるまでのてんまつを、詳しく話した。

初めのうちこそ彦輔は、追いはぎに襲われた事の次第を、神妙に聞いていた。

しかし、かなめの悲鳴騒ぎのあたりから、込み上げる笑いをこらえるのに、苦労するありさまだった。

「笑いごとじゃござんせんぜ、旦那。その追いはぎ野郎は、信州を根城にする無頼の浪人者の、一味らしいんで。この先、どこでまた出くわすか、知れたもんじゃねえ。

そのときは、こっぴどくやっつけてやって、おくんなせえよ」

藤八が苦情を言うと、彦輔は笑いをこらえるようにして、うそぶいた。

「分かった、分かった。今度出会ったら、二人重ねて四つにしてやるわ」

逆に藤八が、碓氷関所での手形改めの首尾を聞くと、彦輔は無事に通り抜けたと言うだけで、詳しいいきさつを語ろうとしなかった。

それから話を変え、鬼吉と蛇の目の扱いについて、もし二人に異存がないなら、しばらく同行させてもよかろう、と言った。

「あまり頼りにはならぬが、枯れ木も山のにぎわいだ。二人分の旅籠代くらい、持ってやってもいいだろう」

そこだけ、二人に聞こえぬように、ささやき声になった。

藤八にも、否やはなかった。

所持金は十分にあるし、京の両替商和泉屋利兵衛の店にも、予備の資金が届いているはずだ。

ようやく、塩名田宿にたどり着いたときは、さすがに暮れ六つを過ぎていた。

まだ、まめの治りきらぬりくには、かなりきつい路程だったはずだ。

しかし、りくはそのあいだ一度も、弱音を吐かなかった。途中、茶屋で二度休んだだけで、歩き通した。

その根性だけは、藤八も認めざるをえなかった。

ただ、鬼吉や蛇の目はもちろん、藤八にまで顎で指図しまくる、りくの腰高ぶりはいつもと変わらず、大いに閉口した。

塩名田の旅籠では、女たち三人、彦輔と藤八、それに鬼吉たち二人と、つごう三つの部屋を押さえた。

風呂にはいったあと、男四人で彦輔たちの部屋に膳を並べ、夜食をとった。

鬼吉も蛇の目も、一緒に旅を続けることに、異存はないと言った。むしろ飲み食い、宿がただになると知って、大喜びだった。

博打は、しばらくお預けになるが、そのあいだ元手を倹約できるので、悪い取引ではないだろう。

藤八と二人きりになると、彦輔はあらためて酒を頼んだ。

それから、碓氷の関所を越えたあとのことを、藤八に話し始める。

例の二人の侍を巡って、実は一騒動あったと聞かされ、藤八は驚いた。

話が終わったあと、気持ちを落ち着けて、聞き返す。

「すると、その丸井角兵衛、中山道之助とやらは、人質まがいの威しをかけただけで、菊野さんにもおりくさんにも、手を出さずに行っちまった、ということでござんすかい」

「つまるところは、そういうことになる。あの二人が、おりくと裏で通じていて、菊野に危害を加えるつもりだ、と読んだのはどうやらおれの、見立て違いだったようだ」

藤八は、鼻をこすった。

「だからあっしは、初めっから旦那の考えすぎだと、そう言ったじゃござんせんか」

彦輔が、おもしろくもなさそうに、うなずく。

「確かに、そうだった。今度ばかりは、おまえの読みが当たったらしいな」

今度ばかり、というのはよけいだが、すなおにあやまちを認められると、さすがにくすぐったくなる。

藤八は酒を飲み、首筋を掻いた。

「まあ、お話を聞いたかぎりじゃあ、旦那があちこち駆け回っているあいだに、あの二人はいつでも好きなときに、菊野さんを手にかけることが、できたはずだ。それを、そうしなかったとすりゃあ、はなから手出しをする気なんぞ、なかったということになる。連中は、この一件といっさい関わりがねえ、ということでござんしょうね」

一息に言うと、彦輔はいかにもまずそうに酒を飲み、げっぷをした。

「そういうことだ。そこでおれも、これ以上争うのは得策ではない、と肚を決めた。だから、すなおにわびを入れたのだ」

「そりゃまた、けっこうなお心がけで」

「ただ連中は、口でわびるだけでは、納得できぬ。土下座してあやまれ、とぬかした」

藤八は驚いて、背筋を伸ばした。

「侍同士で土下座しろとは、ちょいと料簡が違いやしょう」

「そうだ。とんでもないやつらよ」

その口ぶりから、藤八は思わずにやり、とした。

「まったくだ。しかし、だんなのことだから、言われたとおりにおとなしく、土下座したんでござんしょうね」

彦輔が、いやな顔をする。

「おまえも、おもしろくないやつだな、藤八。まあ、確かに、図星ではあるが」

「旦那とは、長い付き合いだ。それくらい見抜けなくて、どうしやす。まあ、いかにも旦那らしくて、ようござんすがね」

彦輔は酒を飲み、にわかに話を変えた。

「それより、おかしなことがあったのよ。二人が、おれのわびを受け入れて、その場を去ろうとしたときのことだ」

一息入れて、話を続ける。

彦輔によると、向きを変えた丸井角兵衛に、菊野がいきなり小太刀を抜き、斬りつけたというのだ。

さすがに、角兵衛はいっぱしの遣い手とみえ、かろうじてそれをかわした。しかし、菊野の鋭い切っ先に、わずかながら塗笠の前部を、斬り裂かれてしまった。

「それで角兵衛は、どうしたんで」

「何をする、とかなんとか言っただけで、そのまま抜き合わせもせずに、少しのあいだにらみ合った。それから、道之助に合図して、立ち去ったのよ」

肩透かしを食らって、藤八は酒をこぼしそうになった。

「それで、菊野さんの方は」

「こちらも、さっさと刀を収めて、静かに連中を見送った。要するに、ただ角兵衛の腕を試しただけ、ということらしい」

わけが分からず、藤八は首をひねった。

「なぜそんなことを、したんでござんしょうね」

「その直前に、角兵衛がおれの腕を試そうと、頭の上で刀を寸止めにしてみせた。そのお返しを、してくれたのだろう」

憮然として、藤八は眉根を寄せた。

「旦那は土下座した上に、腕まで試されて黙っていたと、そうおっしゃるんで」

「そうだ。もっとも、おれが刃をよけなかったから、やつにもおれの腕のほどは、見当がついたはずだ」

ぬけぬけと言う。

なんとなく釈然とせず、藤八は口をつぐんだ。

それを察したように、彦輔は続けた。

「つまるところ、菊野はおれに代わって角兵衛に、挨拶を返したというわけさ。あれで角兵衛も、菊野がただの無邪気な小娘ではない、と分かったはずだ」

藤八は、膝を乗り出した。

「それで、菊野さんは、なんと」

なんと言っているのか、と聞こうとしてやめる。

うっかり、菊野が口をきけないことを、忘れていた。

彦輔は、酒を飲み干した。

「菊野の小太刀は、ただのお飾りではない。あの太刀筋を見ただけで、なかなかの遣い手と分かった。丸井角兵衛も、相当の腕前だから、菊野がただ者ではないことを、見抜いたはずだ」

藤八は、腕を組んだ。

「あの菊野さんが、それほどの遣い手とは、とても信じられやせんぜ」

彦輔がうなずく。

「初めから、身のこなしが妙にきりりとした娘だ、という気はしていた。武家の娘ゆえ、いくらか心得はあると思ったが、それどころではない」

藤八は、首をひねった。

「いったい、あのおひいさまはどういう素性の、女子でござんしょうね」

そう言ってから、同じ問いをかなめから受けたことを、思い出す。

あのとき、藤八が答えられなかったように、彦輔も答えあぐねる様子だ。

ようやく、口を開く。

「あれほどの腕なら、あえておれのような用心棒を、雇うことはなかっただろう。ただ、女の一人旅は関所の詮議が、ことさら厳しい。それを避けようとして、男の道連れを雇っただけかもしれぬ」

藤八は酒を飲み干し、彦輔の顔を見直した。

「菊野さんは、ほんとうのところそれほどの、すご腕なんでござんすかい」

「うむ。もし相手が、角兵衛のような腕達者でなければ、逆袈裟に斬られていたやもしれぬ」

藤八は、にわかに寒気を覚えて、ぶるっと身震いした。

翌朝五つ。

彦輔らは草鞋を替え、気分も新たに塩名田宿を、出立した。

宿場を抜けると、すぐに千曲川にぶつかる。ここが、信濃をつらぬく中山道のうちで、千曲川の本流と交わる、唯一の場所だという。

道中案内によれば、川幅が七十間ほどもあるそうだが、このところ雨が少ないせいか、川の流れは二筋に分かれ、むき出しの河原の方が広い。

板橋も、飛びとびに対岸へつながっているが、橋脚がいかにも貧弱な造りだ。

大雨で出水すれば、ひとたまりもなく、流されそうに見える。おそらく、それを勘定に入れて、安普請の橋にしたのだろう。

ともかく橋が流されれば、しばらくは船渡しになるか、渡り止めになるはずだ。

そうした場合に備えて、次の八幡宿まで二十七町なのに、上方へ向かう旅人の多くは、塩名田に泊まるものと思われる。

鬼吉と蛇の目を先頭に、彦輔と藤八がしんがりを務めて、川を渡った。

りくは、彦輔の手当てが効いたのか、まめの痛みが和らいだとみえて、足を引きずらなくなった。そのため、休まずに八幡宿を通り抜け、三十町ほど先の望月宿へ、直行する。そこも、茶屋で四半時休んだだけで、さらに先へ進んだ。

この日のうちに芦田、長窪をへて、和田宿まで足を延ばしたい、と彦輔は言う。

藤八の胸勘定によると、塩名田から和田までの道のりは、六里を超える。平地ならばともかく、のぼりくだりの多い山道では、かなりきつい。

彦輔と菊野、りくの三人は前日、軽井沢から塩名田まで、おもにくだり道ではあるが、すでに六里を歩いている。

いくら、まめが治ってきたとはいえ、この先ふたたび六里を超える長丁場は、りくには無理ではないか、と危ぶまれた。

しかし、りくは少しもためらわずに、すぐにも歩きだしそうにする。とにかく、負けず嫌いな女だった。

そうなると、藤八はもちろん鬼吉、蛇の目の二人も、弱音を吐くわけにいかない。

かなめは、さすがにきついと思ったのか、それとなく菊野の考えを聞いた。

すると、菊野はだいじょうぶとばかり、あっさり首を縦に振る。それで、だれも異を唱えるわけに、いかなくなった。

次の芦田までは、一里少々の道のりだった。

さらに、その先の長窪まで一里半ほどだが、半分以上がかなり長いのぼり道らしい。

芦田に着くころ、ちょうど昼どきになったので、腹ごしらえをすることにした。

茶店で、中食をとりながら聞くと、長窪をへて和田の宿場まで、笠取峠を越えておよそ三里半、とのことだった。

暮れ六つまでには、なんとかたどり着けそうなので、少しゆっくりすることになった。鬼吉と蛇の目は、早々に中食を食べ終わり、宿場の様子を見てくると言って、茶屋を飛び出した。

かなめが、客が少ないのを見すましたように、一昨夜の関所破りのいきさつを、菊野とりくに話して聞かせる。

りくは眉をひそめ、いかにもつまらなそうな顔で、聞き流す風情だった。

一方、菊野はさもおかしそうに、くくっと喉を鳴らしながら、聞いていた。

そのさなか、鬼吉と蛇の目があわただしく、駆けもどって来た。息を切らし、藤八たちがすわる座台に、へたり込む。

「どうした、おめえたち。何かあったのか」

藤八が聞くと、鬼吉が肩で息をしながら、切れぎれに言う。

「あの二人に、追いつきやしたぜ。この先の、問屋場で、馬を頼んで、おりやした」

「あの二人というと、菊野さんたちやおめえを人質にした、例の侍たちか」

「へい。おいらたちにゃあ、気づかずにおりやしたが」

藤八は、彦輔を見た。

彦輔が、軽く眉根を寄せて、無愛想に言う。

「あの二人とは、もう話がついている。気にすることはない」

「しかし、たいした荷物もねえのに、馬を頼んでどうするんでござんしょうね」

藤八が言うと、かなめが口を入れた。

「のぼり坂が多いから、馬で楽をする気じゃないのかい」

蛇の目が、手を振る。

「そりゃあねえ、と思いやす。山道を馬でのぼるのは、けっこう難儀でござんす。もし、馬がつまずきでもしたら、谷底へまっさかさまに落っこちて、そのままおだぶつで」

黙って聞いていたりくが、にわかに口を開いた。

「その問屋場に、案内しやれ。あやつらが、無体な振る舞いをしたことを、役人に訴えるのじゃ」

すぐに、彦輔が割り込む。

「そいつは、やめておいた方がよかろう、おりくさん。あの二人を疑ったのは、それがしの思い違いだ。向こうも、おとなしく刀を収めたことだし、今さら蒸し返すのは愚かというもの」

りくは、きっとなった。

「土下座までさせられて、くやしゅうはござらぬのか、鹿角どの」

その甲高い声に、ほかの客が顔を向けてくる。

彦輔は、少したじろいだようだが、低い声で続けた。

「はばかりながら、さようなことは少しも、気にしており申さぬ。それがしの仕事は、菊野さんを無事に京まで、送り届けることでござるよ」

鼻息も荒く、りくが何か言おうとするのを、とっさにかなめがさえぎる。

「そのとおりでございますよ、おりくさま。道連れの仕事は、何よりもがまんがだいじ。できるかぎり、悶着を避けるのが、道連れの極意でございます」

それを聞くなり、りくはこめかみに青筋を立て、かなめに食ってかかろうとした。

とっさに、菊野がりくの袖口を取り、軽く後ろへ引く。

りくは出端をくじかれ、不満げに菊野を見返った。

菊野は、あっけらかんとした表情で、軽くりくに首を振ってみせた。

りくは唇を引き結び、張っていた肩をすとん、と落とした。

笠取峠　長窪宿

昼九つ半に、一行は芦田の茶屋を、あとにした。

一足先に、様子を見に行った鬼吉が、問屋場の前で待っていた。

鹿角彦輔が近づくのを待ち、ささやき声で言う。

「あの二人は、もう先に行っちまったようで」

「馬を借りてか」

藤八が割り込むと、鬼吉は首を振った。

「いや。四半時近くも、ねばったそうでござんすが、問屋場じゃあ馬は荷物だけで、人は乗せねえと断わった、とのことで」

それを聞くなり、蛇の目がしたり顔で言う。

「おいらが言ったとおり、山道は危のうござんす。乗り手だけならまだしも、馬ごと谷底へ落ちでもしたら、とんでもねえ大損だ。ついて行く馬方も、ただじゃあすみやせんからね」

藤八は、苦笑した。

宿場を出ると、にわかに風が吹き始めた。

初夏とはいえ、これほど高い山の中に来ると、肌がひんやりとして、むしろ寒いくらいだ。

碓氷峠から比べれば、だいぶ低いところまで、くだって来たはずだ。それでも、長窪宿とのあいだに笠取峠という、また別の峠がある。

さらに、その先の和田宿を過ぎると、もっと険しい和田峠が控えている、とも聞いた。それもあって、この日は和田宿で泊まり、翌日の峠越えに備えることにした、という次第だった。

芦田宿を出ると、少しずつのぼり坂になるとともに、長い松並木の道に差しかかった。そのとっつきで、やおらりくが足を止め、南に当たる並木道の左手へ、向き直った。

菊野に合図すると、おもむろに二拝二拍して、何ごとかぶつぶつ唱える。最後にまた、一拝した。

菊野も、それにならう。

二人の動きは、神社での参拝と同じだ。

りくは顔を上げるなり、鬼吉や蛇の目、それに藤八とかなめを交互に見ながら、小声でうながした。

「何をしておる。その方たちもよくよく、お礼を申し上げるのじゃ」

うむを言わせぬ、厳しい口調だ。

鬼吉と蛇の目は、尻を蹴飛ばされたように、くるりと向きを変えた。

松並木の向こうに広がる、遠い山並みに向かって、ぺこぺことお辞儀を始める。

かなめも、あわてて同じ方角を向き、神妙に頭を下げた。

わけが分からぬまま、藤八もそれを見習う。

するとと彦輔までが、いかにも気の進まぬ様子で、同じ格好をした。

りくが、また軽く頭を下げ、おごそかに言う。

「ここから先は、おそれ多くも東照大権現さまが、旅人のために夏場の日よけ、冬場の風よけとして整えられた、ありがたい松並木でございます。おろそかに歩けば、ばちが当たりますぞ」

そのままますたすたと、一人で歩きだした。

菊野が、かなめに困ったように笑いかけ、りくの後ろについて行く。

かなめは、藤八を見た。

それが癖の、くるりと瞳を回すしぐさをして、菊野のあとを追い始める。

鬼吉と蛇の目は、彦輔と藤八の顔色をうかがいながら、恐るおそる女たちに従った。

彦輔はにが笑いをして、藤八に顎をしゃくった。

並んで、歩きだす。

「おりくさんは、江戸のお城に頭を下げたんで」

「いや。方角違いだ。頭を下げたのは、駿河の久能山だろう」

彦輔に言われて、なるほどと思い当たる。

「ははあ。東照大権現をまつった、久能山の東照宮でござんすか」

「そうだ。もっとも、その後遺骨は日光の東照宮へ、移されたがな」

彦輔の話によると、菊野の兄坂田藤十郎も、りくの父木下仙右衛門とやらも、下総大見川淵田家の家中だ、という。

淵田家は、たかだか二万石の小藩ながら、三河以来の譜代だそうだ。りくが、徳川家康をあがめるのも、当然だろう。

りくの言うとおり、並木道を進んで行くと、心なしか風当たりが弱くなり、少し暖かさがもどったような気がする。

彦輔は言った。

「さっき、おりくが言ったことはほんとうだが、家康公が松並木を整えたのは、旅人のためだけではない。外様が謀反を起こして、上方から攻め寄せて来たときの、備えでもあるのよ」

「とおっしゃいやすと」

「その場合徳川方は、松並木を盾にここで鉄砲を撃ちまくって、敵の進攻をせき止めるという、裏のねらいがあったのだ」

藤八は、顎をなでた。

「なあるほど。しかし、敵も鉄砲くらいは、持っておりやしょう。ならばお互いさまで、たいした支えにゃなりやせんぜ」

「どうにも、支えきれなくなったときは、この松の木を何本も切り倒して、街道をふさぐのだ。サカモギにするのよ」

「サカモギ、といいやすと」

「逆さに茂る木、と書く。枝をけずって、槍のようにとがらせた松の木を、何本も街道に横たえるのだ。そうすれば、鉄砲よりさらに進攻を遅らせたり、はばんだりすることができる、という寸法さ」

あまり感心せず、藤八は首を振った。

「まあ、悪い考えじゃあござんせんが、この太平の世にそんないくさが始まる、とは思えやせんね」

道がますます、つま先上がりになった。

いつの間にか、先頭に移っていた鬼吉と蛇の目が、道端に立つ木標を見て、頓狂な声を上げる。

藤八は、小走りにそばへ行って、木標をのぞいた。

〈笠取峠　この先上り三十丁〉と書いてある。

鬼吉がぼやく。

「三十町といやあ、ざっと小一里だ。けっこう、きつうござんすよ、兄貴」

「そのようだな。しかしおめえたちは、これが初めてじゃあるめえ」

蛇の目は、肩を揺すった。

「まあ、これで三度目でござんすが、こいつを見るたびに、引き返したくなるんで」

ほうっておいて、また歩き始める。

のぼりの三十町は、さすがにきつかった。その間、松並木は途切れずに、続いていた。一時半ほどで、ようやく笠取峠の頂上に、たどり着く。りくも、なんとかついて来た。吹きさらしの峠は、ますます風が強さを増し、あおり立ててくる。

背後を振り返ると、松並木のはるか向こうに、黒褐色の浅間山の雄姿が、くっきりと浮かび上がっている。

蛇の目が、得意げに言う。

「どうでござんす、この浅間の眺めは。つい笠を取って、見とれちまいやしょうが」

鬼吉が顎紐(あごひも)をほどき、三度笠を頭からはずして、あとを続けた。

「それでここを、笠取峠というんでござんすよ」

そのとき、ひときわ強い風が渦を巻いて、一行に襲いかかった。

「おっとっと」

鬼吉が叫んだときは、すでに遅かった。

はずしたばかりの三度笠が、風にさらわれて宙へ舞い上がり、くるくると谷底へ落ちていく。

みんなあわてて、自分の笠を押さえにかかった。

彦輔が言う。

「風に笠を取られるから、笠取峠というのが実の由来だ。覚えておけよ、鬼吉」

鬼吉はくさりきって、今度は道中合羽を取られぬよう、必死で体に巻きつけた。

峠の茶屋は、中山道をくだって来た上方者で、あふれている。藤八には、早口で交わされる上方言葉が、さっぱり分からなかった。

一休みしたあと、一行は峠をくだって、長窪へ向かった。

長窪宿に着いたのは、昼八つ半ごろだった。

笠取峠から長窪までは、幸いにもずっとくだりが続いた。

しかしそれも善しあしで、しまいには膝ががくがくし始め、藤八も彦輔もだいぶ往生した。

旅慣れた鬼吉、蛇の目が平気なのは分かるが、菊野やかなめなど女たちまで、足どりが乱れないのは不思議だった。

ましてりくまでが、まめに苦しんだことなど忘れたように、駆けおりぬばかりにせっせと歩くのには、あきれるしかなかった。

追分宿を出てから、どの宿場も旅籠屋が十軒に満たぬほど、少なかった。

ところが、長窪宿にはいると急に活気が出て、にぎやかになった。

旅籠の数が増えたのは、客引き女の姿が目立つことで、すぐに分かる。

女連れと見て、まったく声をかけてこないのは、例のとおり飯盛旅籠の客引きだけだ。

宿場町は、東西に走る街道の両側に広がり、西の端は石垣の突き当たりになって、いきなり南へ曲がる。

これもまた、いつ起こるとも知れぬ、いくさへの備えだろう。

彦輔一行は、はずれの茶屋でしばらく休み、気合を入れて長窪宿を出た。

先ほど来、笠取峠から続いていたくだりが、ふたたび爪先のぼりの坂道になる。和田峠のふもとに位置する、和田宿まで二里ほどあるというから、かなりきつい行程だ。

途中、街道沿いに流れる依田川に、左岸へ渡る大和橋という橋が、かかっていた。

先頭を行く鬼吉、蛇の目の二人はその橋を渡らず、さらに先に見える別の橋へ、足を進める。

和田峠

藤八は、二人に声をかけた。

「ちょっと待ちな、蛇の目の。こっちの橋を、渡るんじゃねえのか。渡った先に、〈是より和田の里〉と、石標が立ってるぜ」

蛇の目が振り向く。

「そっちは、遠回りの悪路でござんすよ。中山道の本道はこの先、東から別の川が依田川へ流れ込む、ちょいと手前でそれぞれ一本ずつ、橋を渡って続きやす」

その心得た口ぶりに、おとなしく従うことにする。

なるほど、そこから一町ばかり歩くと、別の川が依田川に合流しており、それぞれにかかった小さな橋を、続けて二つ渡った。道中案内には書いてなかったが、蛇の目が言うとおりのようだ。

二つ目の橋が、依田川の本流にかかる、和田橋だという。

すぐ左手に、頭に松林をいただいた苔だらけの、大きな岩が見える。その向こうには高だかと、和田峠が控えている。

見ごたえのある景色だ。

ただし峠の周辺に、まだ雪が残っているのに気づき、藤八は少なからず驚いた。同じ初夏でも、江戸とはまるでおもむきが違う。

依田川を左に見ながら、しばらく山道をたどって行くと、下和田の立場に着いた。人足のたまり場と、茶屋がいくつか、軒を接している。茶屋の一つで、団子と茶を腹に入れながら、足を休める。

並びの立場から、人足が一人そばに寄って来て、りくに声をかけた。

「こん先、坂がどんどん、きつくなるだよ。ひととおりでねえ、胸突きだわな。うっさのるが、かしこかよ」

りくが困った顔で、藤八を見る。

「うっさのるとは、どういう意味じゃ」

藤八も、首をひねった。

「馬にでも乗れ、と言ってるんじゃござんせんかね」

鬼吉が、割り込んでくる。

「馬じゃござんせんよ、兄貴。きつい胸突きになるから、牛さ乗るがよか、と言ってるんで」

「牛に乗るのかい」

かなめが、びっくりしたような声で聞き返し、菊野がくくっと笑った。

蛇の目が言う。

「坂がきつうござんすから、馬は危ねえと言ったでござんしょう。牛なら、よほどのことがねえかぎり、落ちる心配はござんせんよ。そのかわり、歩きがちっとばかり、のんびりしておりやすがね」

それを聞いたりくが、まなじりを吊り上げる。

「馬であろうと牛であろうと、そのようなものに用はない。自分の足で歩くと、そう言うてやれ」

その見幕に、人足は何も言い返さず、首筋を掻きながら引っ込んだ。

彦輔が言う。

「牛に乗ったのでは、日暮れまでに和田宿には着けぬ。歩きは少々きついが、少しでも早く着いた方が、ゆっくり休める。明日の峠越えは、もっときついからな」

その一言で、みんな腰を上げげた。竹筒を水で満たして、出発する。

一時ののち。

和田宿に着いたとき、空はまだ明るかった。しかし、日は峠の向こうに隠れてしまい、宿場にはもう灯がともっていた。

翌日に備えて、みんな早寝をした。

翌朝六つ。

そろって、ほこりだらけの手甲脚絆と、きのう一日ではきつぶした草鞋を、新しいものに取り替える。

彦輔と藤八、蛇の目は山蛭で汚れた笠を、鬼吉は風に飛ばされた三度笠を、それぞれ買い直した。

次の下諏訪宿まで、まだ五里半あまりある。中山道の、宿場間の道のりとしては、もっとも長い。

しかもこの先、海からの高さが道中でいちばんといわれる、和田峠を越えなければならない。

それを考えてか、彦輔が下諏訪まで人足を二人雇う、と決めた。

一人に藤八の笈を背負わせて、もう一人の背負い籠で女たちの手荷物を、運ばせることにする。

下諏訪までの賃銭は、人足一人当たり二百四十五文だった。

藤八は彦輔と相談し、酒手を含めて二人に一朱ずつ、与えることにした。

昨今の相場では、一朱が四百文ほどになるから、人足たちは文句も言わず、荷物をかついだ。

さいわい、天気はよかった。

ほどなく、人足を雇ったのは正しかった、と分かる。山道は、すぐにきつい胸突きになり、道幅も一間そこそこにせばまった。

ときどき、道がくねって崖の上に突き出し、あるいは山側が深くえぐれて、そこだけ少し広くなるくらいだ。

谷を挟んで、向かいの山の平らな腰のあたりに、田が作られているのが見える。

かなめが、妙にしみじみと言った。

「あんなところでも、お米ができるのかねえ」

だれも、言葉が出なかった。

行けども行けども、人家もなければ茶屋もない。右手の崖の裾に、まだ消え残った雪が積もっているのに、あらためて驚かされる。

「どうりで、寒いわけだ」

藤八がこぼすと、彦輔が言った。

「この分では、峠のてっぺんを抜けるのに、雪を掻き分けねばなるまいな」

「悪い冗談は、やめてくだせえよ、旦那」

そのとき、上の方からほう、ほうという声と、からんからんという鈴の音が、降ってきた。

人足たちは、足を止めた。

一人が、口を開く。

「峠の上から、馬か牛がおりて来るだよ。ここじゃ、すれ違えねえから、ちっと引き返すっぺ」

そう言って、さっさときびすを返し、あともどりして行く。

しかたなく、彦輔たちものぼって来た道を、引き返した。

二人の人足は、残り雪のたまった崖下に、身を寄せていた。みんなも、それにならう。崖がえぐれている分、そこは山道の幅にいくらか、広がりがあった。

人足が言ったとおり、やがて荷物の上に人を乗せた牛が、ゆっくりとおりて来た。

牛引きが、腰をかがめて挨拶する。牛に乗った男は、キセルをくわえたまま、すんまへんな、と上方訛りでわびた。

藤八は口の中で、小さくののしった。

中山道一の難所、といわれるだけあって和田峠の山道は、これまでよりはるかにきつかった。

もっとも、道中案内には〈木曽のかけはし、太田の渡し、碓氷峠がなくばよい〉と、三大難所がうたわれているのに、なぜか和田峠はその中に、はいっていない。

途中、崖側に切り株が五つ、並んでいた。旅の者が休むために、据えられたらしい。

気丈なりくも、さすがに疲れたとみえて、切り株の一つにすわり込んだ。菊野もかなめも、それにならって腰を下ろす。

三人並んで、竹筒の水を飲んだ。

かなめが口元をぬぐい、いかにもあきれたという口ぶりで、ぼやいてみせる。

「こんなくたびれる街道を、よく旅する人がいるものさね。東海道なら、せいぜい箱根山くらいで、よっぽど楽じゃないか」

「そのかわりこっちにゃ、じゃまくせえ大井川がねえぜ」

彦輔が笑った。

「まあ、おあいことというところだな」

という。

難儀な峠だけに、ここではただで旅人に食事が供され、牛馬にも餌が与えられる、
元気を出して、また二里ほどものぼると、茅葺きの施行所があった。

もっとも、それは冬場だけのことだそうで、今は閉じられていた。

そこを抜けると、ほどなく茶屋が五軒並んだ、東餅屋と呼ばれる休息所にぶつかった。茶屋の親爺によれば、そこから峠の頂上まで、さらに二里半あるとのことだ。

さしものりくも、それを聞いて眉を曇らせ、肩を落として言う。

「あと二里半ののぼりとは、いささかきつい長丁場じゃ。きのうのきょうで、いささか疲れが出ました。このあたりで、早泊まりはできませぬか」

珍しく、本音を漏らした。

すでに、日は中天に達しているが、日暮れまでにはまだだいぶ、間がある。

「ごらんのとおり、このあたりに旅籠屋はござらぬ。ご法度ながら、茶屋泊まりもできなくはないが、女子の場合は詮議が厳しいゆえ、どの店も引き受けたがるまい。ここは、人足にかついでもらってでも、峠を越えていただきましょう」

彦輔が言うと、店先で休んでいた人足たちが、泡を食ったように手を振った。

「男だろうと女子だろうと、おらたちゃ人はかつがねえだ。馬か牛さ、雇ってもらうべ」

蛇の目が、口を出す。

「峠まではきつうござんすが、きのうの笠取峠と同じで、越えちまえばあとは楽になりやす。てっぺんまで、おいらと鬼吉がかわりばんこに、おりくさまをおんぶいたしやすよ」

聞き終わるやいなや、りくはまなじりを決して、すっくと立ち上がった。

「まだ、そなたらに背負われるほど、もうろくしてはおらぬ。さあさあ、まいりますぞ」

そう言い捨てるなり、さっさと茶屋を出て、竹杖を頼りに坂をのぼり始める。

菊野は、かなめと顔を見合わせて、しかたなさそうに笑いながら、腰掛けを立った。

彦輔も鬼吉たちも、急いでそれに続く。

やむなく、藤八はみんなの茶代を払って、あとを追った。

それから、峠のてっぺんまでの二里半は、のぼり坂が蛇のように曲がりくねった、考えも及ばぬ難路だった。

東餅屋で、うっかり本音を漏らしたりくは、苦し紛れにせよ見えを切ったせいか、最後までがんばりとおした。

頂きに達してからも、多少ののぼりおりが続いたあと、五つ六つ茶屋の建ち並ぶ、平らな場所に出た。

そのうちの、座台がある店に腰を落ち着け、中食をとる。

茶漬けをすすりながら、りくが自慢げに言った。

「噂ほどには、たいした坂でなかったわいの。そうは思わなんだか、鹿角どの」

彦輔は、茶漬けにむせた。

あわてて口元をぬぐい、咳払いをして応じる。

「仰せのとおりでござる。それにしても、りくどののがんばりには、感服つかまつった」

あからさまな世辞だ。

「なんの。ちなみに、この峠は中山道一高いそうじゃが、どれほどの高さかの」

彦輔が口を引き結んだので、代わって藤八が答える。

「ものの本によれば、およそ五百丈とのことでござんす。平らな、まっすぐな里程に置き換えやすと、四十五里ほどになりやしょう」

彦輔があとを続ける。

「別の言い方をすれば、江戸からここまでの道のりと、ほぼ同じでござるよ」

かなめが、背筋を伸ばした。

「ほんとかい、彦さん」

よほど驚いたらしく、口元に飯粒をつけたままだ。

和田峠

「海面からの高さ、と考えればそうなる。この辺は、土地自体が高い場所にあるから、その分差し引かねばならぬがな」

話を聞いていた、人足の一人が口を挟んでくる。

「今のぼって来た東の坂よか、こっからくだる西の坂の方が、きついだに。それこそ、ひととおりじゃあらすか。膝が折れんように、気いつけるがいいだ」

藤八は彦輔と、顔を見合わせた。

前日、笠取峠から長窪へおりるとき、膝ががくがくしたのを思い出したのだ。

りくが顎を突き出し、小ばかにしたように笑う。

「のぼりに比べれば、くだりなどものの数にはいらぬわ。早う下諏訪へくだって、温泉にはいろうではないか」

温泉と聞いて、菊野もかなめも急に元気が出たように、うなずき合った。

確かに女たちは、三人とも笠取峠からのくだりを、難なくこなしていた。男に比べて、膝の骨と骨のつなぎが、柔らかいのだろうか。

そこへ、藤八の笈をその場に置いたまま、姿を消していたもう一人の人足が、あたふたともどって来た。

眉根を寄せ、彦輔と藤八を見比べながら、こう話し出す。

「隣にいた、仲間の人足から聞いただが、物騒なことになっただよ」

それによると、前日の夜半下諏訪宿の二つ先の、洗馬(せば)宿を抱える洗馬村一帯が、馬に乗った山賊集団の襲撃を受け、ただならぬ損害をこうむったらしい。死傷者も何人か出た、というのだ。

さいわい、宿場そのものは襲われなかったが、食糧や日用雑貨、人馬労力など、宿場の営みを支える賄いに、重大な差し支えが生じるようだ。

「んだで、くだりの旅の者は一つ手前の本山宿、のぼりの者は同じく塩尻宿で、足止めになったずら」

藤八も彦輔も言葉を失い、少しのあいだ呆然としていた。

人足は相方の人足と、よく分からぬ土地言葉で、しばらくやりとりしてから、藤八を見た。

「こうなっと、のぼりの旅人は塩尻よりかも、一つ手前の下諏訪の宿場で、様子を見るに違えねえ。早く行かねえと、宿が埋まっちまうずら」

それを聞くなり、藤八はすぐに肚を決めた。

「おめえ、下諏訪に顔のきく旅籠を、知らねえか」

「知らねえこともねえが」

人足の返事に、藤八は鬼吉に顎をしゃくって、茶屋の外に連れ出した。

「おめえ、あの人足と一緒に先に行って、顔のきく旅籠と話をつけろ。どうでも二部屋、あけさせるんだ。人足と旅籠に、鼻薬をきかせてな」

そう言って、巾着から一分金を二粒取り出し、鬼吉の手に握らせた。

「人足の背負ってる笈は、どうするんで」

「坂を駆けおりるのに、じゃまになるだろう。笈は、おれと蛇の目で引き受ける。おめえたちは、手ぶらで行くがいいぜ」

もどって彦輔の了解をとり、鬼吉にうなずいてみせる。

鬼吉は、人足を引きずるように、茶屋を飛び出して行った。

下諏訪㈠

人足の言ったとおりだ。

峠の西側の山道は、目がくらむようなくだり坂で、笈をかついだ藤八は、何度もつんのめりそうになった。

日の動きから、坂はおおむね南の方角へ、くだっているようだ。東側と同じく、あちこちに雪が残っており、日の当たらぬ場所は、寒いほどだった。

ときたま崖から、下を流れる川を眺め下ろすと、水が岩に当たってしぶきを上げ、白く砕け散るのが見える。菊野もかなめも、足を止めて崖のふちから、恐るおそるのぞき込んでいた。

その、絵に描いたような景色に、風流とは無縁の藤八といえども、目を洗われるような気分になる。そんなとき、鹿角彦輔は見向きもせず、両腕を広げて息を吸ったり、吐いたりするだけだ。

藤八以上に、風流を解せぬ性分とみえる。

山側に転がる、大きな石に腰を下ろしたりくが、蛇の目の六郎兵衛に声をかけた。

「蛇の目とやら。すまぬが、足首をひともみしてくりゃれ。くるぶしが、痛うてかなわぬのじゃ」

「へい、へい」

二つ返事で引き受けると、蛇の目はいかにもおそれ多いというしぐさで、りくの足をひたいに押しいただき、もみ始める。

藤八と彦輔は、顔を見合わせて苦笑した。かなめは、見ていられないという風情で、そっぽを向く。

そのとき、荷を背負った商人らしき二人連れが、下の方からのぼって来た。

「すまねえ、ちょいとものを尋ねてえんだが」

藤八が声をかけると、二人は足を止めて、汗をぬぐった。

武家と町人の男女、それに渡世人という妙な取り合わせに、とまどった様子を見せる。年配の男が言った。

「なんでっしゃろ」

「ゆうべ、洗馬村が山賊に襲われたらしいんだが、おめえさんたちは出くわさなかったかい」

「わてらはゆんべ、塩尻に泊まりましたさかい、山賊とは出会うとりまへん。そやて洗馬宿は、大騒ぎやったそうだすな」

「らしいな。ところで、下諏訪宿は込み合っていたかね」

藤八が聞くと、今度は年若の男が応じた。

「のぼりのお客はんで、埋まっとりましたわ。次の塩尻宿で、足止めになったさかいに、みんな下諏訪に泊まるんとちゃいますか。塩尻とのあいだには、もひとつ塩尻峠ちゅう難所が、控えとりますさかいな」

塩尻宿は旅籠屋が七十軒を超え、その数は中山道一と道中案内に、書いてあった。それでも、下諏訪に泊まる者が多いとすれば、雁木の鬼吉と人足を先にやったのは、間違いではなかったようだ。

しかしこの様子では、部屋を二つも取れるかどうか、むずかしいところだろう。

「ほな、ごめんやして」

商人たちが行ってしまうと、藤八たちもまた用心しつつ、山道をおり始める。

案の定、藤八と彦輔は前日と同じように、膝ががくがくし始めた。

しかたなく、岩場を這う蟹のように横を向いたり、ときには後ろ向きになったりして、体の構えを変えながらおりて行く。

途中、西餅屋なる茶屋で休んだほかは、熊笹の生い茂った細い山道を、延々とくだり続けた。山の端から、諏訪湖の白い湖面がのぞくたびに、元気が出て足取りも軽くなる。

藤八と彦輔は、震える膝をだましだまし、一方女たちは別に弱音も吐かず、一気に下諏訪までくだった。

道中案内で、宿場の入り口の目印とされていた、大きな石仏を見たときは、しんそこほっとした。

高さが一丈近くもある、肩の丸い巨大な石仏だった。

石の表面に、万治(まんじ)三年という銘が読み取れるから、百七十年近くも前のものだ。

諏訪大社の下社春宮、と案内に載っていた神社を右に眺め、さらに秋宮らしき別の神社を左に見て、宿場の木戸に向かう。

左から合流する別の街道は、湖の向こう側にある上諏訪宿をへて、江戸につながる甲州道中だろう。道標によれば、中山道も甲州道中も江戸への道のりは、どちらも五十数里とのことで、ほとんど変わらない。

少し前から、ぷんと鼻をつき始めた硫黄のにおいが、ますます強まってくる。いかにも温泉、というにおいだった。

下諏訪は、和田峠を越えて来た疲れをいやし、新たに塩尻峠に向から英気を養う、だいじな宿場だ。

しかも中山道で、ただ一つ温泉が出る宿場だから、泊まり客が多い。

ましてこの日、のぼりが塩尻で足止めとなれば、旅人は当然居心地のよい、手前の下諏訪で体を休めるだろう。客であふれるのは、当然のことだ。

藤八は、彦輔を見た。

「この込み具合じゃあ、いくら人足の顔がきくといっても、部屋が取れるとは思えやせんね」

ふところ手をした彦輔が、襟元からもぞもぞと指先を出し、所在なげに顎をなでる。

「そのようだな。だいいち、鬼吉たちを見つけるのが、一苦労だ。向こうで見つけてくれるのを、待つしかあるまい」

確かに、こちらの方が人数が多く、見つかりやすいだろう。

はぐれないように、藤八たちはひとかたまりになって、左右に目を配りながら、ゆっくりと歩いた。

客引き女は、この日に限って客の袖を引かず、断わることにおおわらわだった。

通りの脇に設けられた、屋根しかない見通しの温泉場に、男たちが芋を洗うような格好で、つかっている。

塀で、きちんと囲いがしてある方は、侍か女のための温泉場だろう。

出入りの激しい、問屋場の前に差しかかったとき、人込みを掻き分けるようにして、鬼吉が顔をのぞかせた。

「おう、雁木の。ひでえ込みようだが、宿は取れたか」

藤八が声をかけると、鬼吉はりくの目を避けるように、袖を引っ張った。

天水桶の陰で、声をひそめて言う。

「あの人足のつてで、半町ほど先の桔梗屋という平旅籠に、なんとか一部屋だけ取りやした。六畳間でござんすが」

藤八は、口を引き締めた。

「一部屋だけか。たとえ六畳間でも、衝立を立て回して七人となると、ちっとばかりきついな。だれかさんが、また目くじら立てるに違えねえ」

少なくとも、りくは鬼吉たちと同じ部屋には、泊まりたがらないだろう。

「心配いりやせんよ、兄貴。おいらと蛇の目は今夜、立場の人足小屋に泊めてもらうってことで、話をつけやしてござんす」

それを聞いて、いくらかほっとする。

藤八と彦輔だけなら、りくも倉賀野で一度、雑魚寝をしている。

こたびは、山賊騒動のあおりでもあり、前回より畳二枚分も広い部屋だから、いやとは言わないだろう。

鬼吉が、人足から聞いた話によると、温泉地なのにほとんどの旅籠に、内湯がないそうだ。あっても、めったにたかないらしい。

せいぜい、参勤交代や公儀御用のおりに、本陣と脇本陣がたくくらいだ。

宿場の者も、ふつうの泊まり客もすべて、宿場内に三カ所ある温泉場へ、はいりに行くという。

鬼吉を先頭に、宿場の人込みを抜けて行くと、右側に桔梗屋の袖看板が、見つかった。その前に立ったとき、にわかに背後が騒がしくなり、馬の蹄の音が響いてきた。

藤八が振り向くと、宿場の人込みが乱れながら左右に割れて、そのあいだを男を乗せた馬が二頭、疾駆して来るのが見えた。

いや、その背後から前の男たちを追うように、馬を馳せる三人目の男がいる。

藤八は、思わず声を上げた。

「とんちきめ。宿場を馬で駆け抜けるばかが、どこにいる」

とっさにかなめとりくを、そばに引き寄せる。

彦輔も、菊野を自分の体で、かばった。

次の瞬間、前の二頭が砂ぼこりを上げて、走り過ぎる。

ほとんど間をおかず、もう一頭がきびすを接するように、一行の鼻先を疾風（はやて）のごとく、駆け抜けた。

それを見て、彦輔が叫ぶ。

「隼人（はやと）。隼人」

三人目の男の背で、編笠が上下に躍っているのが、ちらりと見えた。

それも一瞬のことで、三頭の馬はたちまち街道を遠ざかり、砂ぼこりだけが残った。

込み合う宿場のど真ん中を、馬で疾駆するという傍若無人の振る舞いに、だれもが怒りの声を上げている。

しかし、それもいっときのことで、三々五々人の流れがもとにもどり、ほどなく騒ぎは収まった。

一息ついたところで、藤八は彦輔の顔を見た。

「旦那。たった今、なんとおっしゃいやしたかね。隼人、と言ったように聞こえたが、だれのことでござんすかい」

かなめも、乗り出してくる。

「彦さん。わたしにも隼人と、そう聞こえたよ。まさか、富永（とみなが）の旦那のことじゃ、ないだろうね」

やはり、藤八と同じく富永隼人のことを、思い浮かべたらしい。

隼人は、この一件のきっかけとなった、目黒新富士での腕試しのおりにも、最後の方で首尾を確かめるように、姿を現わしたものだ。

あのときから彦輔は、こたびの神宮迅一郎のたくらみにも、隼人が一枚噛んでいるに違いない、とにおわせていた。

しかし彦輔は、少しのあいだ二人の問いに、答えなかった。

やがて、独り言のようにつぶやく。

「顔つきが富永隼人に、似ていたような気がした。しかし、おれの見間違いかもしれん」

藤八は、首をひねった。

「あっしは、顔をよく見なかったが、今の侍は月代を伸ばさずに、ちゃんと剃っておりやしたぜ。富永の旦那なら、浪人髷でござんしょう」

かなめも、そばから言う。

「それに、あのお侍は裁着袴に野羽織(のばおり)を、身に着けていたじゃないか。富永の旦那なら、あんな格好で馬に乗りませんよ。主持ち(しゅうも)でもあるまいし」

「それもそうだな」

そうは言ったものの、彦輔はまだ何か引っかかるような、浮かぬ顔つきだった。

鬼吉と蛇の目は、一晩泊めてもらうという人足小屋へ、そのまま回るという。

二人には明朝六つ、迎えに来るように言い含めて、藤八たちは桔梗屋にはいった。

二階の六畳間は、畳のにおいも新しい、きれいな部屋だった。すでに、手前と奥が衝立で、仕切られていた。

加えて、この旅籠には内湯があり、今わかしているところだという。山賊騒ぎで、屋外にある温泉場が立て込むため、内湯をたてることにしたらしい。

それを聞くと、りくは倉賀野の雑魚寝を忘れたように、文句一つ言わずにいそいそと、衝立の向こう側に回り込んだ。

荷ほどきをしながら、かなめと菊野を相手に機嫌よく、世間話までし始める。

藤八は、ほっとして彦輔とうなずき合い、茶のはいった湯飲みを手にして、通りに面した出窓の縁に、腰をおろした。

手すりに左肘をのせ、彦輔に言う。

「この分じゃあ、いつになったら京へ着くやら、分かりやせんぜ」

彦輔も、同じように手すりにもたれて、茶を飲んだ。

「行く先を京にしたのは、おれたちにも行く先を知られぬように、迅一郎が勝手に決めただけのことよ。かならず中山道を通れ、という縛りをかけてきたからには、東海道と合流する草津までか、少なくとも京へ着くまでのあいだに、真の行く先が分かるに違いない」

なるほど、と思う。

ただし、追加の路銀は京都の両替屋に、為替で送られてくることになっている。それまでのあいだに、菊野をどこかへ送り届けて、そのあと金を受け取りに行く、という段取りになるのだろうか。

どこまで行くか知らないが、そろって無事に江戸へもどるためにも、帰りの路銀を受け取る必要がある。

思わず、ため息が出た。

これほど、先の読めない仕事は初めてだし、それは彦輔も同じだろう。

「しかしこれから先、いったい何が起こるんでござんしょうね」

藤八がぼやくと、彦輔は生あくびをしながら、そっけなく応じた。

「知らんし、知りたくもない。無事に江戸へもどって、礼金を手にすることさえできりゃあ、それで文句はない」

そのとき、どこからか時を告げる、捨て鐘が鳴り始めた。薄紫色の空からして、暮れ六つの鐘と見当がつく。

下の通りに、旅籠や茶店の明かりが流れ出て、行き来する人びとの姿が、浮かび上がった。ほとんどが、塩尻峠をくだって来た、上方からの旅人らしい。

上手から来る旅人の中に、焦げ茶色の野羽織と野袴に身を固め、編笠をかぶった侍姿の男が一人、交じっていた。

それを見て藤八は、先刻馬で宿場を駆け抜けた侍の、背中ではずんでいた編笠を、思い出した。近ごろ見かけぬ、古い形の編笠だったので、覚えていたのだ。

「ちょいと、旦那。上手から歩いて来る、編笠のお侍をごらんなせえ。ありゃあさっき、馬で宿場を駆け抜けて行った、三人目の男でござんしょう」

藤八が言うと、彦輔は体をねじって、通りの右手を見返った。

「あのお侍に隼人、隼人と呼びかけなすったんじゃ、ござんせんかい」

藤八の問いに、彦輔はすぐには答えず、急いで腰を上げた。

向きを変えて、手すりから下の通りへ、体を乗り出す。

侍は、足ばやにこちらへ歩いてきたが、編笠に隠れて顔が見えない。しかし、まわりにいる男たちと比べて、頭ひとつ背が高いことは、明らかだった。

藤八は手を伸ばし、彦輔の肘をつついた。

「もう一度、隼人、と呼びかけてみたら、どうでござんす」

そうけしかけると、彦輔もその気になったらしく、さらに体を乗り出して、片手を口元に当てた。

それより早く、侍は笠の縁を軽く押し上げ、二人の方に目を向けた。

その顔を見て、藤八は背筋を伸ばした。

笠で髷が隠れ、顔しか見えないせいか、富永隼人によく似ていることは、一目瞭然だった。

「こいつは驚いた。髷が見えねえと、富永の旦那にそっくりでござんすよ」

そう言い終わらぬうちに、侍が二人に手を上げて、にっと笑いかける。

それを見て、藤八は今度こそのけぞり、言葉を失った。

彦輔が言う。

「どうだ。やはり、隼人ではないか」

藤八は、手にした湯飲みを縁に置き、出窓から乗り出した。

「富永の旦那。いったい、こんなとこで、何をしてるんで」

そう声をかけると、隼人は自分の足元を指さし、二人に軽くうなずいた。

どうやら、下へおりて来い、と言いたいらしい。

藤八も彦輔も、すぐに腰を上げた。

彦輔が、衝立の向こうに、呼びかける。

「おりくどの。ちょっと下の通りを、一歩きしてまいる。そのあいだ、風呂にでもはいっておられよ」

かなめが、衝立の上から、目だけのぞかせた。

「どうしたんだい、二人とも」

「もどってから話す」

彦輔はそう言い捨て、障子をあけて先に部屋を出た。

藤八も、あとを追う。

土間の下駄を突っかけ、表の通りに出ると、並びの居酒屋の前にいた隼人が、二人を手招きした。

彦輔が、少し声をはずませて言う。

「おぬし、何ゆえこんなところに、姿を現わしたのだ。それに、さっきの馬はどうした」

隼人は、居酒屋に顎をしゃくって、うそぶいた。

「とにかく、一杯やらぬか」

下諏訪㈡

居酒屋の板の間に上がり、衝立で仕切って席をこしらえる。

鹿角彦輔と藤八は、富永隼人と向き合い、並んですわった。

隼人の頭は、一日二日手入れをしていないにせよ、ともかく月代を剃り上げていた。

藤八が、それをつくづくとながめながら、問いかける。

「旦那。いったいその頭は、どうなすったんでござんすかい。まさか、どこぞの家中に仕官がかなった、とでも」

隼人は、眉根を寄せた。

「今どき、そんなうまい話があるものか。とにかく、酒だ」

藤八が小女を呼び、冷や酒を五合入りの徳利で、注文する。

彦輔は、隼人に聞いた。

「それで、馬はどうした。そもそも、おぬしが追いかけていたあの二人は、何者なのだ」

「あの馬は、韮崎宿で借りたのだ。ここの立場で、韮崎へ送り返すように、頼んできた」

彦輔は、驚いた。

「韮崎といえば、甲州道中の宿場ではないか。何ゆえ、そんなところにいたのだ」

そう問うたとき、早ばやと酒がきた。肴は、何かの山菜の煮付けと、川魚の干物だ。

藤八が隼人の湯飲みに、酒をなみなみとついでやる。

隼人は、それを一息に半分飲み干し、おくびを漏らした。

彦輔と藤八も、自分の湯飲みを満たして、一口飲む。

隼人はすぐに、話し始めた。

「実は、おぬしらが江戸をたった、同じ四月三日の朝方におれたちも、高輪の薩摩屋敷を出立したのだ」

手を上げて、それを止める。

「待て待て。おれたちとは、だれのことだ。それに、何ゆえ薩摩屋敷なのだ」

隼人は酒を飲み干し、涼しい顔で応じた。

「まあ、聞け。おれたちとは、神宮迅一郎に下総大見川淵田家の、坂田藤十郎。同じく、淵田家の番士が十人と、供回りの中間やら、お女中衆のことだ」

思わぬ話の雲行きに、彦輔は湯飲みを盆にもどした。

それが今度の一件と、どう関わっているのか、にわかには見当がつかない。

憮然として言う。

「迅一郎はともかく、淵田家の坂田藤十郎といえば、おれに菊野の道連れを頼んだ、当人ではないか」

隼人が、苦い顔でうなずく。

「おれも、そう聞いている。こちらの一行も同様に、どこのだれとも知れぬ女子を、どこかへ送り届けるらしい。おれは、その警固の一人として、雇われたのだ。月代まで、剃らされてな」

藤八がもどかしげに、割り込んでくる。

「どうして、そんな仕儀になったんでござんすか、旦那」

隼人は、大きく息をついた。

「おれは出立の前夜、迅一郎の手の者にいやも応もなく、薩摩屋敷に連れて行かれた。その上で、迅一郎に東海道をのぼる一行の、警固役に加わるよう説きつけられたのだ。警固する女子は、数日前から薩摩屋敷に移って、出立を待っていたそうだ」

「何ゆえ、薩摩屋敷なのだ。淵田家の一件に、薩摩の島津家が絡んでいるのか」

急き込んで彦輔が問うと、隼人は困惑した表情を浮かべた。

「おれにも分からぬ。ただ、薩摩のご隠居栄翁(えいおう)こと、島津重豪(しげひで)は今の公方家斉公の、岳父に当たるお人だ。ご隠居も、お上の御用とあれば、薩摩に関わりがあろうとなかろうと、力を貸すに違いない。少なくとも、おれはそう解釈した」

隼人の返事を聞いて、彦輔も少し当惑する。

「すると、これはやはりお上の絡んだ御用、ということか」

「そこまでは、おれにも分からぬ。ともかく、迅一郎はおぬしに知られぬように、事を運ぶつもりだったらしい。事前に話せば、おれからおぬしに伝わる恐れがある、と考えたのだろう」

隼人の、思いも寄らぬ打ち明け話に、彦輔は頭が混乱した。

藤八が、その場を取りつくろうように、隼人に言う。

「供回りの数からいっても、東海道の一行は中山道よりずうっと、大がかりでござんすね。そちらの女子は、淵田家の殿さまの奥方か、お姫さまで」

「それも、分からぬ。おれのような雇われ者は、そばにも近寄れぬ扱いだからな」

彦輔は、なおも言いつのろうとする藤八を、押しとどめた。

「そもそも、武家の女が箱根を越えるのは、何かと詮議が厳しい。とりわけ、大名家の妻女が江戸を離れて、領国へもどるなどは論外のことだ。その向きのお墨付なり、それに匹敵する書付でも、ないかぎりはな」

彦輔の指摘に、隼人はうなずいた。

「迅一郎は、それに類するものを何か、持っているはずだ。現に、あの手ごわい箱根の関所を、難なく通り抜けたからな」

彦輔は腕を組み、いっとき考え込んだ。

あらためて言う。

「要するに、迅一郎の一行はおれたちとは別に、東海道から上方へのぼる意向だな。それもことさら、厳重な警固をつけて」

隼人が、いかにも意味ありげに、重おもしくうなずく。

「そうだ。しかも、泊まりはすべて、脇本陣よ。一度だけ、参勤交代の行列が二つ重なって、ただの旅籠に泊まることになったがな」

「脇本陣に泊まるとき、関札は出したか」

「いや。通常なら、淵田なにがし宿、と出すところだが、いっさい札は出さなかった。かえってそれが、不審を招く結果になった、ともいえるな」

彦輔は、腕をといた。

「その一行が、厳しい警固を必要とするわけが、何かありそうだったか」

「うむ。現に、おれたちの一行を、てんでんばらばらにつけて来る、何人もの侍たちがいた。ざっと数えたところ、合わせて十二、三人はいただろう。手出しこそしてこなかったが、隙あらば女子を奪おうという、そんな気配が漂っていた」

「襲いもせずに、ただついて来るだけか」

「おれには、そう見えた。ところが、由井宿から薩埵峠を越えて、次の奥津宿に着いてみると、そやつらはいつの間にか、みんな姿を消していた。だとすれば、峠と奥津のあいだで、道を変えたに違いない。おそらく、そやつらは東海道を右へそれ、身延街道へ抜けて、甲州道中へ回ったもの、とおれはにらんだ」

「何ゆえだ」

「おぬしらのことを思い合わせると、連中は甲州道中をへて中山道へ向かった、としか考えられぬからよ。それで、おれははたと気がついた」

隼人はそこで間をおき、酒を一口飲んだ。

藤八が、いらいらした顔で、口を出す。

「何に、気がつきなさったんで」

「ひときわ目立つ、迅一郎の一行はただのおとりにすぎぬ。逆に、おぬしらが道連れを務める相手こそ、真に警固すべき女子に違いない、とひらめいたのだ」

彦輔は唇を引き締め、言葉を選びながら言った。

「すると、あの菊野なる小娘こそが、そこまで手間をかけて守らねばならぬ、やんごとなき女子だ、というのか」

藤八も、口を出す。

「いくらなんでも、そりゃあねえでござんしょう。そんなだいじなおかたを、鹿角の旦那一人に任せるなんて」

そこまで言ってやめ、気まずそうに首をすくめる。

彦輔は、隼人と顔を見合わせて、苦笑した。

隼人が、先を続ける。

「そのあたりは、おれにも分からぬ。ただ、おれの勘はそう告げている。理屈ではないのだ」

彦輔は、反論した。

「しかし、あとをつけて来た連中が、そうした仕掛けをたやすく見抜く、とは思えぬぞ」

「そうかな。連中は当然、迅一郎がおとりを使うこともありうる、と疑っていたはずだ。何者かが、上方へ向かう三街道の入り口に、網を張っていたに違いない。その上で、これと目をつけた一行を、早足の者がそれぞれあとを追って、互いに知らせ合ったのではないか」

それを聞いて、彦輔は最初にこの話を持ち出されたとき、坂田藤十郎に対して同じ家中に、志を異にする者がいるのではないか、と当て推量をぶつけたことを、思い出した。

そのことは口にせず、彦輔はさりげなく言った。

「おぬしの、言うとおりかもしれぬ。おとりというのは、あからさまに目立ちすぎれば、見破られる恐れがある。まあ、それを逆手に取るやり方も、ないではないが」

隼人がうなずく。

「藤十郎にせよ迅一郎にせよ、中山道を小人数で行くおぬしらを、ほうっておくわけにはいくまい。そやつらに襲われたら、ひとたまりもないからな。そこでおれは、何も言わずに行列をはずれて、奥津の宿場から身延街道へ回り、連中のあとを追ったのだ」

「それから、どうした」

「身延山の裾を巡って、甲州道中の韮崎宿へ出た。韮崎から、馬を駆って上諏訪を抜け、ここ下諏訪へやって来たわけよ」

彦輔には、考えも及ばぬ道筋だった。

東海道から身延街道、甲州道中をへて、中山道へ回るなどという芸当は、思いつきでできるものではない。

さすがに若いころ、越前福井の松平家の城下を出奔して、諸国を巡り歩いた隼人ならではのこと、と感心する。

隼人は続けた。

「ついさっき、おれが馬で追っていた侍たちは、東海道であとをつけて来た、侍たちの中の二人だ。仲間から遅れたらしい。韮崎宿で、二人が馬を借りるのを見かけて、おれも馬であとを追うことにしたのだ」

「まさか、韮崎からさっきのように、疾駆して来たわけではあるまい」

彦輔が言うと、隼人は薄笑いを浮かべた。

「当たり前よ。下諏訪の少し手前で、ずっとつけて来たのを、気づかれてな。連中が、急に馬を走らせ始めたので、おれも宿場だということを忘れて、つい追いかけてしまったわけよ」

彦輔はうなずき、酒を飲んで話をもどした。

「ところで、迅一郎もおぬしが抜けたことには、すぐに気づくだろう。しかし、なぜ抜けたかについては、どう考えるかな」

「迅一郎も、連中につけられていたことは、途中で気づいたはずだ。そやつらと、おれが姿を消したと分かれば、おおかた察しがつくのではないか。そのときは、迅一郎も藤十郎も番士を引き連れて、中山道へ回って来るのが筋、というもの。ただしおれは、あまり当てにしておらぬがな」

隼人は唇をゆがめて、そう決めつけた。

彦輔は、また腕組みをした。

「その連中が、いっせいにおれたちを襲って来たら、いささか手に余るぞ」

隼人が、酒を飲んで応じる。

「中の三人が女、という小人数のおぬしら一行を、侍が束になって襲って来るとは、少々考えにくい。たとえ山中でも、目立ちすぎるからな」

「手だれを選んで、四、五人で襲う、というところか。それなら、たとえ邪魔がはいろうと、何度でも試せるからな」

隼人が、薄笑いを浮かべる。

「どちらにしても、おぬし一人では、しのげぬだろう。おっつけ、おれの腕が必要になるぞ」

彦輔は隼人を見た。

「いずれ、おぬしにも迅一郎から、礼金が出るはずだ。助太刀したからといって、おれの分はびた一文、譲らぬぞ」

藤八が、顔をしかめる。

「旦那。こんなときに、けちなことを言うのは、やめにしなせえ。こいつは冗談抜きの、命懸けの仕事でござんすよ」

「冗談でも言わねば、ばからしくてやっておられぬわ」

彦輔がうそぶくと、藤八はあきれたと言わぬばかりに、首を振った。

彦輔は続けた。

「迅一郎は、おれが旅に出ているあいだ、おぬしにふだんの道連れの仕事を、代わらせると言っていた。それが嘘だったばかりか、おぬしをもう一つ別の道中の用心棒に、使っていたとはな。どう考えても、おもしろくないぞ」

隼人が、なだめにかかる。

「まあ、そう言うな。古来、敵をあざむくにはまず味方から、というではないか。そもそも、こたびの道連れの仕事に、何か裏がありそうなことは、おぬしも気づいていたはずだぞ」

それは、認めざるをえない。

「否定はせぬ。ともかく、おぬしがこの一件に関わっていることは、初手から分かっていた。もっとも、こんなところへ現われるとは、思わなかったがな」

「おれも、まさか下諏訪の宿場で、馬を走らせることになるとは、思わなかった。この上は、これから先どうするかを、一緒に考えねばならんぞ」

彦輔は、隼人に顔を寄せた。

「連中はさすがに、おれたちが中山道のどこにいるか、まだつかんでいないはずだ。おそらくだいぶ先の、人目につかぬ峠道あたりで、待ち伏せするに違いない」

隼人が、小さくうなずく。

「だとすれば、こっちにも裏をかく手が、ないでもない」

「どんな手だ」

「中山道を避けて、裏街道を行くのよ」

「裏街道だと」

「そうだ。この下諏訪から、まっすぐ南へくだる、伊那街道という脇道がある」

彦輔は、藤八に目を向けた。

藤八は背筋を伸ばし、くぼんだ目を精一杯見開いて、ばしりと胸を叩いた。

「へい。伊那街道なら、確かにあっしも道中案内で、見た覚えがございやす。この下諏訪と、一つ先の塩尻から、南へくだる街道が二股に、延びておりやしてね。そいつが、途中で一本にまとまって、伊那から遠く三河の方まで、つながるんでござんすよ」

隼人が笑う。

「ほほう、よく調べたではないか、藤八。この街道は、福島の関所を通れぬわけのある者が、こっそり伊那を回って、飯田から妻籠へ抜ける、脇道なのだ」

彦輔がそれとなくほめると、隼人の得意げな顔に、わずかな翳が差した。

「さすがにおぬし、道筋には詳しいな」

彦輔は、手を上げた。

「かたき持ちだったころ、あちこちと逃げ回ったからな」

「おっと、その話はなしにしよう。もう、終わったことだ」

仇討ちのいきさつを蒸し返せば、長い話になってしまう。

藤八が、彦輔に言う。

「しかし、旦那。坂田さまの注文じゃ、かならず中山道を行ってくれ、とのことでござんしょう。勝手に伊那街道へそれて、いいんでござんすかい」

「その、飯田とやらから妻籠へ抜けられるなら、また中山道へもどることになる。差し支えあるまいが」

「菊野さんの送り先が、塩尻と妻籠のあいだにあるとしたら、どうするんで」

「知ったことか。初めにどこそこと、はっきり言わぬのが悪いのよ」

彦輔が言い捨てると、藤八はぐっと詰まった。

酒を飲み干して、急に話を変える。

「旦那。そろそろ、旅籠へもどった方が、よかあござんせんか。おりくさんたちが、心配しておりやしょう」

彦輔も、それを思い出して、隼人を見た。

「おれたちは、この並びの旅籠に、なんとか一部屋取ることができた。ただし、あいにく連れの女たちと、相部屋でな。おぬしを泊めるほどの、余裕はないのだ。どこかほかの旅籠に、心当たりがあればいいが」

隼人は、顎をなでた。

「そうさな。本陣は無理としても、脇本陣には泊まれるだろう」

彦輔は首を振った。

「それも無理だな。洗馬村の山賊騒ぎで、この宿場は飯盛旅籠をはじめ、脇本陣もひらの客たちに、差し出してしまったはずだ。もう、相部屋もあるまい」

隼人が、にやりと笑う。

「気遣いは無用だ。まず、参勤交代でも重ならぬかぎり、かならず部屋をあけさせる」

「そんなことが、できるのか」

彦輔の追及にも、隼人は笑みを消さない。

「おれにも、迅一郎が用意してくれた、諸事木戸御免の書付があるのよ。それを突きつければ、脇本陣なら出入り自由だ」

そううそぶいて、ふところをぽんと叩く。

彦輔は藤八と、顔を見合わせた。一介の浪人者に、そのような書付が下付されるなど、信じられぬことだ。

それを考えると、この一件はよほどの筋から出た、ただならぬ大事に違いない。

その穿鑿はやめにして、彦輔はこれまでのあらましを、大急ぎで隼人に告げた。

翌日の手筈を整え、藤八が勘定をすまして、三人ばらばらに居酒屋を出る。

外はすでに暗く、その店の軒行灯にも、火がはいっていた。

伊那街道　平出村

翌朝。

まだ暗いうちに、藤八たち一行は朝餉を終え、旅籠の土間におりた。

いつでも出立できるように、手早く勘定をすませる。

間なしに、富永隼人がやって来た。ほんとうに、脇本陣に泊まった、という。

隼人については、彦輔が前夜のうちにりくをはじめ、三人の女たちに話をしておいた。隼人は、江戸に住む昔なじみの浪人で、たまたま上方へ行く途中、彦輔、藤八とここ下諏訪で、出くわした。

そこで助っ人かたがた、一行に加わってもらうことになった、というふうに話をこしらえた。

もちろん、東海道筋でのいきさつについては、伏せられた。

藤八が見たところ、勧進かなめは隼人に何か話しかけたくて、うずうずしている様子だった。

ただ、彦輔と藤八は前の晩、あまり隼人と親しく口をきかないよう、かなめに因果を含めておいた。隼人をよく知るかなめが、よけいな茶々を入れると、めんどうなことになるからだ。

それが効いたのか、かなめは不承不承にせよ、隼人とはただの顔見知り、という程度の挨拶に、とどめていた。

ほどなく、雁木の鬼吉、蛇の目の六郎兵衛も、旅籠にやって来た。

二人とも、隼人が助っ人に加わったことで、なんとなく居心地が悪そうだった。自分たちの出番が、なくなるのではないかと、不安を覚えたのかもしれない。

そうした、多少のぎこちなさをはらみながら、東の空が白むのを待って、一行は桔梗屋を出立した。

先頭に立った藤八は、宿場のはずれの荒物屋で、伊那街道への道筋を聞いた。

塩尻の方へ少しのぼると、小さな川を渡ったところで、東堀という村に差しかかる。その村に、南へくだる伊那街道の入り口がある、とのことだった。

しばらく歩くと、それらしき川にぶつかり、長い橋がかかっていた。

諏訪湖を水源とする、ごくありふれた川だが、南へ延々と流れ流れて、やがては天竜川になる、と道中案内にあった。

伊那街道は、その流れとつかず離れず、南へ延びている。

この街道には、中山道の塩尻峠、鳥居峠のような難所が、ほとんどないらしい。また、出立するまでのあいだに、塩尻宿の足止めが解けた、との知らせは届かなかった。

そうしたこともあってか、こちらへ流れて来る旅人の姿が、かなり多く見られた。

藤八は、鬼吉と蛇の目に先頭を任せて、少し歩を緩めた。

しんがりを務める、彦輔と隼人が追いつくのを待って、小声で話しかける。

「この脇道から、中山道の妻籠へ抜けられるなら、途中にある福島の関所を、通らずにすみやす。どっちみち、あっしとかなめは関所手形に、名前が載っておりやせん。

福島は、碓氷に輪をかけて詮議が厳しい、と聞いておりやす。こっちへ回って、よかったんじゃござんせんか。碓氷のように、抜け道を行ってひでえ目にあうのは、もうまっぴらで」

藤八が言うと、彦輔は仏頂面をして、ささやき返した。

「しかし、れっきとした関所手形があるのに、菊野とりくとおれがそろって、関所を通らなかったとあとで知れれば、それはそれで詮議の種になるぞ」

ひそひそ話に、かなめが何ごとかとばかり、振り返る。

藤八は、前を向いて歩くように、身振りで合図した。

かなめは肩を揺すり、顔を前にもどした。

りくも菊野も、気にしないようだった。

藤八は、間をおいて続けた。

「だとすりゃあ、帰りもまた関所を通らずに、江戸へもどることになる、というわけで」

「まあ、そういうことだな」

彦輔が応じると、隼人がそばからささやく。

「心配するな。おれは、老中水野出羽守のお墨付を、もらった身だ。関所だろうと、口留番所だろうと、大手を振って通ることができるぞ」

「ほんとでござんすかい」

驚いて、つい突拍子もない声を、出してしまった。

かなめはもちろん、今度はりくと菊野も、びっくりした顔で振り向く。

藤八はあわてて手を振った。

「なんでもねえ、なんでもござんせんよ。女子衆には、関わりのねえ話で」

りくが、ふんと顎をしゃくって、足を速める。

藤八は、汗をふいた。

彦輔が言う。

「かりに、そのお墨付が本物だとしても、おぬし一人のものだろう。おれたちのような、よけい者にまでご威光が及ぶ、とは思えんな」

「おれがいいと言えば、それでいいのだ。少なくとも、試してみる価値はあるぞ」

藤八は、含み笑いをした。

どうやら、隼人は試してみたくて、しょうがないらしい。

ちなみに、名前が出た水野出羽守忠成は、十年ほど前に西丸（にしのまる）側用人から、老中格をへてのし上がった、切れ者の老中だ。

その当時、御書物奉行だった近藤重蔵が、殿中の廊下で出羽守を待ち構え、書庫の改修方を願い出る、異例の直訴があった。

出羽守は考えておこう、などとあいまいな返事をして、重蔵の直訴をかわそうとした。ところが重蔵は、その扱いに納得しなかった。歩を進めようとする、出羽守の袴の裾をつかんで、その場に引き留めるという、慮外の振る舞いに出た。

老中に対し、いっかいの旗本が殿中において、かかる非礼を働いた場合、まず改易は免れぬところだ。へたをすれば、切腹もありうるといわれている。

しかし、出羽守はなぜかそうした措置を、とらなかった。ただ、重蔵を大坂の弓奉行に追いやっただけで、その非礼を不問に付した。

蝦夷地探検を巡る、重蔵の並はずれた功績の数かずを、さすがに考慮しないわけには、いかなかったのだろう。

公辺で偶発した、かかる裏の椿事は通常、市中には伝わらない。

しかし、この一件はいつからともなく、どこからともなく噂となって流れ、士分のあいだに知られてしまった。

となれば、市中に流れ出るのは、時の問題だった。

藤八は、小人目付の神宮迅一郎から、その話を聞かされた。

出羽守は、かねがね将軍家斉のお気に入りで、今も厚い信頼を得ている、と聞く。

迅一郎が、どのような命を受けたか知らないが、その出羽守から一浪人などのために、そうしたお墨付まで下付されたとすれば、確かにこの道連れの一件は、尋常一様の仕事ではない。

彦輔や隼人ばかりでなく、藤八もこの仕事の裏に何かあることは、たやすく察しがついた。

ともかく、菊野が警固すべき実の女子ならば、真の道連れを務める彦輔に対しても、お墨付が出ておかしくないではないか。

いや、彦輔にこそ下付されてしかるべきだ、と思う。

それを考えると、藤八はむらむらと怒りがわいてきた。

「それにしても、お墨付が富永の旦那に出て、鹿角の旦那に出ねえとは、ずいぶんじゃございませんか。逆ならまだ、話は分かりやすいがね」

隼人が、なだめるように口を開く。

「おとりの行列を、本物らしくこしらえるためには、そうした書付まで用意するのが、当然だ。彦輔のように、まったくそれらしくない者が、そんな書付を持っていたら、かえって疑いを招くではないか」

そのために、月代まで剃らされたのか、と聞き返そうとして、藤八は思いとどまった。隼人の言にも、一理あるような気がした。

彦輔が、割り込んでくる。

「藤八。今さら言っても、手遅れだ。とにかく、行けるところまで行くしか、ないだろうよ」

悟りきったような口ぶりだ。

藤八は首を振りふり、また先頭へもどった。

汗をかきながら、せっせと足を運ぶ菊野が、どこかのお姫さまとは、どうしても思えなかった。

伊那街道を行くほどに、人の行き来がにぎやかになった。

増えたのは、旅人の数ではない。脇道から、大きな荷駄を載せた馬を引いて、馬方が次つぎと現われたせいだ。みんな、藤八たちと同じ方向へ、のぼって行く。

中には、一人で四、五頭の馬を引く、やり手の馬方も見られた。

藤八は、彦輔に聞いた。

「ここらにゃ、問屋場も立場もねえのに、この馬方たちゃあどっから出て来て、どこへ行くんでござんしょうね」

彦輔も首をひねり、おざなりな口調で言う。

「分からんな。どこかで、市でも立つんじゃないのか」

それを聞いて、隼人が口を開いた。

「いや、あれは土地の者が、畑仕事や養蚕(ようさん)の合間に、別稼ぎをしているのだ。遠州、三州へ穀物や大豆、生糸などを運んで、日銭を稼ぐのよ」

「遠州や三州へ行くなら、天竜川を舟でくだった方が、ずっと早くて楽でござんしょう」

「天竜川は急流が多いゆえ、長丁場の舟運は無理だ。そこで連中は、手持ちの馬を使って荷を運ぶ、というわけよ。帰りに、塩や干物を運んでもどれば、また商いになる。これを称して、ちゅうま、ちゅうまと呼ぶ」

「ちゅうま、といいやすと」

「中の馬と書いて、中馬と読むのだ」

中馬か。

なぜ、そう呼ぶのか知らないが、旅慣れた隼人の博識に感心して、藤八は唇を引き結んだ。

彦輔は、話についてこられぬせいか、おもしろくなさそうな顔になる。

山道に、それなりののぼりおりはあるものの、峠と呼ぶほどの険しい難所には、ぶつからない。

田舎道でもあり、茶屋らしい茶屋は見当たらず、たまに腰掛けと葭簀だけの、お手軽な休みどころが、目につくくらいだ。それも、おおむね立て込んでいて、中にはいれない。やむなく、道端の木陰で茶を飲み、足を休める始末だった。

二里ほど歩いて、橋場村という村を過ぎたところに、また橋があった。

前の橋と違って、幅も長さもかなりあり、水の流れも速い。いつの間にか、天竜川と呼ぶにふさわしい、堂々たる川に育っていた。

四里ほどで、平出（ひらいで）という大きな村に、到着する。

村の入り口に、〈江戸与里凡（よりおよそ）五十九里〉と書かれた、杭が立っていた。

江戸出立が、八日前の四月三日だから、一日に七里半ほども歩いた勘定になる。

そのあいだに、いろいろと騒ぎがあったことを思えば、菊野たち女三人はさして弱音も吐かず、よく歩いた方だと思う。

街道から、少し引っ込んだところに、扇屋という小さな旅籠屋と、それに並ぶ一膳飯屋があった。

昼時には、まだ少し間があることもあって、奥の狭い板の間があいていた。一行八人が上がり込むと、それだけでいっぱいになった。

女三人、男五人の組み合わせの、それも武家やら町方やら股旅者やら、てんでんばらばらの顔触れに、土間の座台にいた旅人たちが、好奇の目を向けてくる。

鬼吉が、片手を振り回しながら、大声で言った。

「やいやい、おれたちゃ、見世物じゃねえ。前を向いて、おとなしく飯を食うがいいぜ」

ほとんどの旅人は、それですぐに見るのをやめ、食事にもどった。

しかし土地の者たちは、鬼吉の切った啖呵が分からなかったのか、口をあけたままぽかんとしている。

彦輔が、苦笑して言う。

「ほうっておけ、鬼吉。それより、藤八。何か見つくろって、注文してくれ。甘酒も、忘れるなよ。なければ、ただの酒でもいいが」

それを聞くと、りくがきっと背筋を伸ばした。

「鹿角どの。まだ、昼前でございますぞ。少しは、たしなみなされませ」

彦輔が、珍しく言い返す。

「これは、異なことを。甘酒は酒ではござらぬ。いくら飲んでも、酔いはせぬもの。おりくどのは、甘酒でも酔うほどの、下戸でござるか」

りくはぐっと詰まり、鼻の穴を広げた。

「甘酒はともかく、御酒は控え目になさいませ」

菊野がくくく、と声を漏らすと、つられてみんな笑い出す。

甘酒はなく、酒がきた。

茶飯に魚の干物、芋と豆と菜っ葉の煮物で、腹ごしらえをする。

食べているさなかに、土地の馬方や百姓が訛りの強い話しぶりで、洗馬村の山賊騒ぎの噂をするのが、耳に届いた。

それを聞いて、彦輔が言う。

「藤八。その、いちばん近い座台で、背を向けておしゃべりしている男を、ここに呼んでくれ。詳しい話を、聞かせてもらおうではないか」

藤八は、土地の馬方らしいその男に、声をかけた。

「そこの、とっつぁん。ちょいと、ここへ来てくれねえか」

馬方は振り向き、何ごとかという顔をした。

藤八は、湯飲みで酒を飲むしぐさを、してみせた。

「一杯付き合え、と言ってるのよ」

馬方が、仲間たちの顔を見回してから、こちらへ向き直る。

「ほんじゃまあ、ごめんなしてくんなんしょ」

ひょこひょこと、しきりに頭を下げながら、立ち上がって板の間の端に、腰を移す。

「声がでけえのは、生まれつきでごわす。かんべなあ」

「何も、わびることはねえ。まあ、一杯やりねえ」

藤八は、新しい湯飲みに酒をつぎ、馬方にすすめた。

「あんがとあんす」

一息に、ぐっと飲み干す。

「おっと、いい飲みっぷりじゃねえか、とっつぁん。もう一杯やりねえ」

ついでやると、今度は半分飲んでやめた。

「ついでに、今おめえさんたちが話していた、山賊のことをもうちっと詳しく、聞かせてくれねえか。やつらは、何人ぐらいいるんだ。やり口がそうとう、ひどいらしいじゃねえか」

藤八が水を向けると、馬方は口元をぬぐった。

「ひでえ、なんてもんじゃねえだよ。数はまあ、どんだけいるか分からねえが、まあ二十人から百人のあいだじゃろう」

「そんなに、あやふやなのか」

「んだ。夜んなっと、前触れもなぐ馬さ乗りつけて、村を荒らし回るとよ。数なんぞ、かぞえる暇はねえだ」

全部は聞き取れないが、馬方の話によればおおむね、次のようなことらしい。

昔から、村むらを回って一夜の宿を求める浪人者、あるいは勧進や布施を乞う巡礼、托鉢(たくはつ)坊主、虚無僧のたぐいが、あとを絶たなかった。

そうした連中は、頼みを断わるとたちまち、不逞(ふてい)のやからに豹変する。

食い物、酒などの略奪はもちろん、婦女子を犯したりさらったり、悪行のかぎりを尽くす。

近ごろは、その種のあぶれ者が徒党を組み、あちこちで狼藉(ろうぜき)を働き始めた。連中は、方々の山に根城を持ち、いわゆる山賊の群れと化して、今や近隣の恐怖の種になっている。山賊どもは、食いあぶれた浪人者が中心だが、巡礼姿の者や僧形の者も交じり、なかなかしっぽをつかませない、というのだった。

かなめが、口を挟んでくる。

「このあたりのご領主は、何をしてるんだろうね。お大名がいなくても、ご公儀の代官所とか陣屋が、あるはずだよ。人手を出して、征伐すればいいじゃないか」

「じゃけんが、その人手がねえだよ。山狩りするにも、ここらは四方八方山ばっかで、どっから手えつけりゃええか、分からんが」

しかも連中は、このところ中山道ばかりか、ほかの街道にも目をつけている、ということだった。

藤八は、いやな感じがした。

伊那宿

一行は、まだ日が頭上にある九つ半ごろ、平出村を出た。

さいわい、道は緩やかなくだりで、さしたる起伏はない。

この日は、暮れ六つまでに伊那宿にはいり、そこで泊まることに決めていた。

伊那宿は、伊那街道のうちでは、大きい方らしい。しかし、中山道ほどには、整った宿場ではないだろう。旅籠の数も、多くはあるまい。

中山道を行く旅人が、かなり伊那街道へ流れて来たため、旅籠の手配だけは早めにした方がいい。人数を考えると、三部屋が望ましい。一刻も早く、押さえる必要がある。

藤八は彦輔と相談して、また鬼吉と蛇の目の二人を、伊那宿へ先行させることにした。便があれば、馬を使うことも許した。

相談しながら、藤八はこういうときこそ、隼人のお墨付が役に立つはずだ、と思いついた。

それとなく、横から顔色をうかがうと、隼人は関わりがないという風情で、そっぽを向く。

彦輔も、それに触れようとしない。やむなく藤八も、黙っていることにした。いざとなったときに、持ち出せばいい。

鬼吉たちには、悪くても二部屋は取り込むように、固く申しつけた。

そもそも一部屋で、八人も寝られるような広間は、田舎の旅籠にはない。あったとしても、女たちと同じ部屋、というわけにはいかない。さすがに雑魚寝は、もうたくさんだ。鬼吉と蛇の目が、蹴飛ばされたように駆け出して行くと、一行はそろって足を緩め、のんびりと歩きだした。

この伊那街道は、塩尻宿からくだってくる、もう一つの脇道と途中で出会い、一本の道になる。その合流地点が、松嶋宿の手前の北松嶋で、平出からは二里弱の道のりだ。

途中、樋口、山崎、小河内などをへて、宮ノ下の村を過ぎると、また天竜川とぶつかった。

今度は、三、四十間ほどもある、長い橋がかかっている。水の流れは、ますます激しさを増して、渡るときに足元の橋げたが、細かく震えた。

これでは確かに、荷を積んだ船で川をくだるのは、かなりの危険を伴う。転覆したり、岩に衝突したりするのを、免れるのはむずかしい。

これから先、何度天竜川を越えるのか、見当もつかない。ともかく右に左に、遠く近く川の流れを見ながら、行くことになるだろう。

松嶋宿では、塩尻宿から合流した旅人が加わり、さらに人の数が増えた。

この宿場は、落ち着きのある古い町で、きれいな家並みが四町ほども、続いている。

下諏訪を出てから、すでに六里近く歩いている。ここから伊那宿までは、およそ二里半の道のりだ。

峠の多い中山道ならば塩尻、洗馬を越えて、本山宿で泊まるところだろう。

ほかの旅人が、のんびり休んでいる隙に、藤八たち一行は早ばやと、松嶋宿をあとにした。

すでに、だいぶ日が傾き始めていたが、ほかの旅人たちの出足は鈍い。

あるいは、伊那宿での混雑を嫌って、松嶋か途中の村で民家と話をつけ、泊まるつもりなのかもしれない。

伊那に近づくにつれ、右手前方にそびえる山の西側に、日が傾き始めた。

隼人によると、その山は駒ケ嶽といい、さらに奥の山は前駒ケ嶽だ、という。その昔、逆の方向から下諏訪まで、くだったことがあるそうだ。

坂下という村を過ぎて、何度目かにまた天竜川を渡り、さらに荒井と称する、小さな村を越える。

伊那まで、あと数町ほどに差しかかったとき、道端の茶屋から鬼吉と蛇の目が、迎えに出て来た。

「おう、ご苦労だったな。首尾はどうだ」

藤八が声をかけると、鬼吉は自慢げにぽん、と手を打ち合わせた。

「あの混み具合ときたら、まったく兄貴の言うとおりで。もう今ごろは、どの旅籠も一杯でござんすよ」

「三部屋、取れたか」

蛇の目が、首をすくめる。

「それがその、あいにくと二つしか、取れなかったんで。勘弁してくだせえ」

「なに、二部屋取れりゃあ、上乗だ」

「そのかわり、どっちも六畳敷きでござんすから、女子衆はゆっくり休めやす」

それを聞いて、りくが満足げにうなずく。

「それはひとまず、ご苦労であった」

初めて、ねぎらいの言葉をかけられ、蛇の目はばちが当たると言わぬばかりに、ぺこぺこ頭を下げた。

鬼吉が、藤八の顔色をうかがいながら、付け足す。

「おいらと蛇の目は、押し入れでも敷居の上でも、かまいやせん。どうか、気を遣わねえでくだせえ」

「おまえさんたちは、鴨居からぶらさがってりゃいいのさ」

急に、かなめが茶々を入れたので、笑いがはじけた。

おりくまでが、珍しく笑い転げた。

菊野が、口を袖でおおって、笑い声を殺す。

笑うときも、十分に声が出せないせいか、少し苦しそうだ。見たことはないが、泣くときも同じかもしれぬ。

歩きだしながら、彦輔が皮肉めいた口調で、隼人に尋ねる。

「こういうときこそ、おぬしの持つお墨付とやらが、ものを言うのではないか」

藤八は肚の中で、ようやく出たかと、ほくそ笑んだ。

ふところ手をした隼人が、襟元から出した指で、顎の先をなでる。

「中山道ならともかく、このような脇街道には、お墨付のご威光も届かぬよ。旅籠屋のあるじは、老中のありがたいお墨付など、目にしたこともあるまい」

隼人の返事に、藤八はまさかと思って、苦笑いをした。

伊那宿にはいったとき、暮れ六つの鐘が、鳴りだした。

この宿場は、中山道にも負けぬほど、にぎやかだった。小さいながら、問屋場もある。藤八たちは、その前で足を止めた。

人の行き来は絶えないが、そうしたにぎやかさの中にも、どこか不穏なものが感じられた。

「旦那。なんだか、中山道に比べて、落ち着かねえ宿場でござんすね」

藤八が言うと、彦輔もうなずいた。

「そうだな。どうも、浮足立っているように見えるな」

かなめが、横から言う。

「なぜだかみんな、そわそわしているよ。嵐でも来るのかね」

隼人も、口を開いた。

「確かに、いささかあわただしいな」

それから、鬼吉と蛇の目に声をかける。

「ところで、おまえたちが押さえたのは、なんという旅籠だ」

「へい、竹屋という旅籠で。この先、半町ほどでござんす」

鬼吉が答えると、隼人は顎をしゃくった。

「ひとっ走り行って、ちゃんと部屋を押さえてあるかどうか、確かめてこい」

「へい」

鬼吉は蛇の目に合図して、人込みの中を駆け出した。

藤八たちは、問屋場の軒先の長腰掛けに、腰をおろして待った。

鬼吉たちは、さして待つ間もなく、駆けもどって来た。

鬼吉が、息を切らして言う。

「旦那、安心してくだせえ。ちゃんと、押さえてありやす」

蛇の目が、あとを続けた。

「それどころか、二部屋が三部屋に、なっておりやしたんで」

藤八は、驚いて乗り出した。

「どうしてだ」

伊那宿

「なんだか知らねえが、半時近く前に急に泊まるのをやめて、出て行った客が何組か、あるらしいんでござんす」

それを聞いて、藤八は彦輔と隼人の顔を、見直した。

彦輔が、隼人に目を向ける。

「どうも、妙なにおいがする。何か、ありそうだな」

隼人も、黙ってうなずく。

鹿角彦輔は、暗い行灯の明かりが映る、しみだらけの天井を見上げた。

隣では、富永隼人が早くも、軽い寝息を立てている。

部屋に挨拶に来た、旅籠のあるじ竹屋卯兵衛(うへえ)が、問いに応じて明かした話を、思い起こす。

一昨夜、洗馬村を襲った山賊たちは、中山道の西側に広がる八森山、という山の裾野あたりを、根城にしているらしい。

もっとも、連中はしっぽをつかませまいと、まめに場所を移動したり、いくつかの組に分かれたりするため、今もそこにいるかどうかは、分からない。

八森山は、襲われた洗馬村の後背にあり、そこが山賊の根城だという説は、いかにももっともらしく聞こえる。

しかし、それが確かな沙汰ならば、たとえ人手が足りぬ代官所でも、放置してはおくまい。にもかかわらず、捕り手を繰り出す気配がないのは、その噂を信じていないからだろう。

ただ、宿場の者たちの立ち居振る舞いに、なんとなく落ち着きがない。何かにつけて、そわそわする気配が漂う。

いつの間にか、泊まり客にもそれがうつってしまった、というおもむきだ。

ふと、何か聞こえたような気がして、彦輔は枕から頭を上げた。

かすかな音が、耳を打つ。

「あれは、馬の足音だな」

隣の寝床で、隼人が低い声を漏らした。どうやら、眠ってはいなかったらしい。

彦輔は、耳を凝らした。

確かに何か聞こえるが、馬の足音かどうかは、分からない。なんとなく、湿った音だ。隼人が続ける。

「雨が降り出したようだな。雨の中を、かなりの人数が馬でやって来る」

「それならば、もっとあわただしい音がするだろう」

彦輔はそう言って、身を起こした。同時に隼人も、夜着をはねのける。

「馬は、走らせておらぬ。静かに、歩かせているのだ」

隣の部屋から、藤八が襖越しに、呼びかけてきた。

「旦那。どうなすったんで」

「一騒動あるやもしれぬ。鬼吉と蛇の目を起こせ」

「一騒動、といいやすと」

手早く。身支度を始める。

「分からぬ。どうも、虫の知らせが、当たったようだ」

「虫の知らせ、といいやすと」

「いちいち、聞き返すな。早く二人を起こせ。いつでも逃げ出せるように、支度をしろ」

鬼吉の声がする。

「とうに、起きてやすぜ」

続いて、蛇の目の声。

「あっしらは、もう支度ができておりやす。というか、いつも手甲脚絆のまま、寝る癖がついてるんで」

同じく、身支度をしていた隼人が、しっ、と合図する。

「足音が止まった。どうも、この旅籠がねらいのようだ」

そのとき、廊下に面した障子の外で、女の声がした。

「彦さん。起きているかい」

　勘進かなめだ。

　少し離れた部屋から、様子を見に来たらしい。

「ああ、起きている。すぐに、ここを抜け出す。菊野さんとおりくさんに、支度をするように言ってくれ。化粧など、している暇はないぞ」

「支度なら、すんでるよ。菊野さんが、身振りで様子がおかしい、と教えてくれたんだ。脚絆もつけたし、草鞋もはいたよ」

　彦輔は、驚いた。

　菊野が、この気配を察していたとは、考えもしなかった。

　障子をあけ、廊下に立つかなめを見ると、確かに支度をすませている。

「例の山賊かい、彦さん」

「おそらく、そうだろう。多勢に無勢、逃げるが勝ちだ」

　そのとき、表戸を何かで壊そうとする、荒っぽい物音が始まった。

　さすがに、ほかの泊まり客も異変に気づき、廊下に飛び出して来た。

　藤八たち三人も、身支度をして姿を現わす。藤八の笈は、蛇の目が背負っている。

　菊野とりくが、鴨居の掛け燭台の明かりを受け、ほかの客を左右によけながら、小走りにやって来る。

「これはいったい、何ごとであろうの、鹿角どの。表戸を叩いているのは、何者じゃ」

彦輔は、草鞋をはいて立ち上がり、りくの問いに応じた。

「話をしている暇はない。まずは、そこの雨戸をあけて、裏庭から逃げるのだ」

「どこへ逃げるのじゃ」

彦輔は、指を立てた。

「藤八と鬼吉たちに、おまえさんたちを案内させる。まずは旅籠の裏の道を、南へ突っ走れ。川にぶつかったら、とりあえず橋げたの下に、身を隠すのだ」

「分かったよ」

すかさず、かなめが応じる。

早くもその場を、ほかの泊まり客が騒ぎ立てながら、右往左往し始めた。

彦輔は、藤八を見た。

「おれと隼人は、あとから追いかける。おれたちが行くまで、隠れた橋から動くなよ」

それから、りくたちに言う。

「三人とも、藤八たちから離れるでないぞ」

菊野が動じる様子もなく、こくりとうなずき返す。確かに、肚のすわった女子だ。

あちこちで、不安のこもった叫び声、金切り声が飛び交う。表の物音は、ますます大きくなった。

彦輔は、泊まり客たちを押しのけ、廊下の際に立った。

足を上げ、一蹴りで雨戸を打ち破る。

闇の中から、大粒の雨がざざっと、降り込んできた。

「離れずに行け」

彦輔の声に応じて、藤八を先頭に女三人、その後ろに蛇の目と鬼吉が続き、裏庭の闇に飛び出して行く。

それを見て、廊下をうろうろしていた客たちも、はじかれたようにあとを追い、裏庭へなだれ出た。

見ると、身支度をした者は少なく、ほとんどが着の身着のままだ。寝間着姿で、振り分け荷物だけ持つ者もいれば、後生大事に枕を抱えた者もいる。

表戸が破れる、すさまじい音がした。

廊下を激しく、風が吹き抜けていく。威しをかけるつもりか、賊たちが上げるわめき声が、聞こえてきた。

手行李を背に負い、笠をかぶった彦輔は、腰の大刀に手をかけて、隼人を見返った。

隼人が言う。

「このまま、藤八たちのあとを追おう。まともに、山賊の相手をする義理など、ないからな」

落ち着いた声だった。

「分かった。追って来るやつだけ、斬り払おう」

彦輔はそう応じて、われがちに逃げ出す客と一緒に、裏庭へ飛びおりた。

方向が分からず、人の群れと一緒に闇の中を、駆けて行く。だれかが転ぶと、後ろについた人びとがその上へ、ばたばたと重なって倒れる。

それを避けながら、彦輔と隼人はやみくもに走った。

いつの間にか、雨がやんだことに気づく。上を見ると、動きの速い雲間から、月さえのぞこうとしていた。夏場の、にわか雨だったらしい。

町のあちこちから、喚声と悲鳴が聞こえてくる。旅籠の周囲が、明るくなった。

山賊たちが、松明(たいまつ)をつけたらしい。

低い、石積みされた塀を乗り越え、裏庭の外へ出る。

どこからか、水の流れる音が聞こえてきた。

「隼人。右手に、川があるぞ。藤八たちは、こっちへ行ったのではないか」

彦輔が声をかけると、隼人の声が返ってきた。

「いや、そっちは西だ。南へくだる天竜川は、こっちだろう」

雲間から出た月に、ぼんやりと浮かんだ隼人の指先は、彦輔の左方を指していた。

彦輔は、迷わず言った。

「ならば、二手に分かれよう。最初にぶつかった橋で、藤八たちが見つからなかったら、それぞれ互いの道へもどって、あとを追う。それでどうだ」

「分かった」

二人は、左右に分かれた。

鍋懸街道　経ケ嶽

鹿角彦輔は川を目指して、やみくもに走った。

右往左往する人の群れで、なかなか先へ進まない。

あちこちから、叫び声や悲鳴が上がり、宿場は表も裏も大混乱におちいっていた。

山賊どもが、傍若無人に馬を走らせ、暴れ回る気配が伝わってくる。入り乱れる、人の波を押しのけ掻き分けして、彦輔は必死に走った。

川沿いの道にも、逃げて来た人びとの、前後も分からぬ列ができていた。

その脇を抜けて、さらに先へと向かう。

雨は噓のように上がり、半月が顔を出している。ただし、道はひどいぬかるみだった。さすがに息が切れ、足を止めて振り返る。そこここに、黒い人影が群れをなし、宿場の様子をうかがっている。

宿場は、松明らしい火のせいで、燃えるほど明るく見えた。それでも、火を放たれた様子はなく、炎は上がっていない。

彦輔は息をついて、あたりの様子をうかがった。

川は北側にあり、西の方から道に沿ってつかず離れず、流れてくる。上流で、大雨が降りでもしたのか、土手の近くまで水が上がっている。

彦輔はふたたび、小走りに足を速めた。それにつれて、人の数が少なくなる。

一、二町も行くと、さすがに人影がまばらになった。ただし、いっこうに橋にはぶつからず、菊野やりくの姿も見えない。

隼人が言ったとおり、藤八たちは伊那街道に沿って、南へ向かったのかもしれぬ。

足を止め、半月の明かりを頼りに、あたりを見回す。

そのとき、川の流れに重なって、かすかな水音が聞こえるのに、気がついた。

目を上げると、行く手の川っぷちに木の茂みがあり、その向こうから小さな。水車の影が、のぞいていた。

どうやら、川から水を引く用水路が、道を横切っているらしい。

彦輔は、水車に近づいた。

するると、ゆっくり回る輪の陰から、ひょいと顔をのぞかせる者があった。

「旦那。お一人でござんすか」

その声に、ほっと息をつく。

「藤八か。みんな、どうした」

藤八が道へ出て来ると、あとから菊野やりくが、ぞろぞろと姿を現わした。

かなめが言う。

「ちょいと、遅かったじゃないか、彦さん。わたしたちは無事だけど、富永の旦那はどうしたのさ」

「念のため、二手に分かれたのだ。隼人は、伊那街道沿いの川を目当てに、南の道をとった。あちらの橋に、おまえたちがいないと分かれば、すぐにこちらへ回って来るはずだ」

彦輔が応じると、りくが恨めしげに口を開いた。

「おかげで、泥だらけになりましたぞ、鹿角どの。どうしてくれるのじゃ」

菊野が声を出さず、歯を見せて笑う。

彦輔は返事をせず、宿場を見返った。

周辺の空が、いくらか暗くなったところをみると、騒ぎが収まってきたようだ。

「洗馬村を襲ったのと、同じ山賊でござんしょうかね」

藤八の問いに、彦輔はうなずいた。

「むろん、その一党だろう」

「だとすりゃあ、宿場を襲ったあとは、この道を逃げて来るかもしれやせんぜ」

りくが、背筋を伸ばす。

「ならばこの場に、のほほんと立ってはおられぬぞ。またどこかへ、身を隠さねば」

そう言いさして、不安げにあたりを見回した。

彦輔は、藤八を見た。

「藤八。この道の先は、どこへつながっているのだ」

「道中案内によると、この道はナベカケ街道と呼ばれて、中山道の宮ノ越宿へ、つながるらしゅうござんす。鍋釜の鍋に、一所懸命の懸、と書きやす」

「鍋懸街道か。ちなみに宮ノ越の宿場は、福島の関所の手前か先か、どっちだ」

「福島宿は、宮ノ越の一つ先でござんす。そこの関所を通らなけりゃ、中山道を先へ進めやせんぜ。かなめはまた、関所を破らなきゃなるめえ」

それを聞いて、かなめが頬を引き締める。二度とごめんだ、という顔つきだ。

正直なところ、彦輔もご法度の関所破りは、気が進まない。

すぐに、肚を決めた。

「騒ぎが収まるのを待って、もくろみどおり伊那街道に、もどることにしよう」

そのとき、二町か三町宿場寄りの道で、喚声が上がった。

人びとの群れが、ばらばらと乱れ崩れて、道の左右に分かれるのが、夜目にも黒ぐろと映る。

宿場を背に、燃える火がいくつも宙を躍りながら、こちらへ向かって来る。

目を凝らすと、松明をかざした人影の列が、まっしぐらに馬を走らせるのが、見てとれた。

その蹄の音が、しだいに大きくなる。

彦輔はどなった。

「みんな、水車の陰にもどれ。やり過ごすのだ」

かなめが藤八と一緒に、菊野とりくを水車の方に、押しもどして行く。

みんなが、隠れ終わるのを待って、彦輔は道の反対側の草むらに、しゃがみ込んだ。

人の群れを、容赦なく蹴散らしながら、馬の列がぬかるんだ道を、疾走して来る。

藤八が言ったとおり、襲撃を終えた山賊どもがこの道を、引き揚げて来たらしい。

山賊どもは、手にした松明を右に左に、振り回していた。火の粉を避けようと、人びとが声を上げげて、逃げ惑う。

もう一度、目を凝らした。

松明の数は十数本だが、それよりだいぶ遅れて別の二本が、あとを追って来る。二人だけ、逃げ遅れたのだろう。

最初の松明の列は、たちまち目前に迫った。すさまじい勢いで、彦輔のそばを駆け抜ける。

通り過ぎたそのとたん、最後尾の松明から飛び散った大きな火の粉が、水車の陰に落ちかかった。

たちまち、何かに燃え移る気配がして、悲鳴が上がる。

彦輔が体を起こすと、かなめが水車の陰から、飛び出して来た。

菅笠に燃え移った火を、叩き消そうとあたふたする姿が、炎の中に浮かぶ。

すると、馬上の男がそれに気づいたとみえ、くるりと馬首を巡らすなり、まっすぐに引き返して来た。

あわてて、飛び出そうとした彦輔は、ぬかるみに足を取られて、つんのめった。

馬上の男が、松明を投げ捨てて猿臂（えんぴ）を伸ばし、かなめの後ろ襟をつかむ。

同時に、水車の陰から躍り出た藤八が、かなめに飛びつこうとした。

しかし一瞬早く、男はかなめをすごい力で、馬上へ引きずり上げた。藤八が、かなめの足をつかみそこねて、ぬかるみに這いつくばる。

かなめが、金切り声で叫び立て、彦輔の名を呼んだ。

彦輔が起き上がると同時に、鬼吉と蛇の目が馬に飛びつき、かなめを取りもどそうとする。
駆け出そうとした彦輔は、またもぬかるみに踏み込み、足がもつれて膝をついた。
乗り手が足を上げ、鬼吉を勢いよく蹴り離すと、蛇の目はそのあおりをくらって、
二人ともぬかるみに倒れ込んだ。
かなめが、鞍の前部にうつぶせに、引き据えられる。
「待て。待て」
彦輔も藤八も、鬼吉も蛇の目も口ぐちにどなりながら、馬を目がけて突進した。
男が、かまわず馬腹を蹴る。
「彦さん」
かなめが叫んだとき、馬は仲間たちのあとを追って、猛然と駆け出した。
なおも叫びながら、かなめが足をばたばたさせる。
馬影はたちまち遠ざかり、すぐに闇の中に溶け込んだ。
馬の足音だけが、あとに残った。
彦輔は呆然として、その場に立ち尽くした。
「くそ。なんてことだ」
藤八がののしり声を上げ、彦輔はわれに返った。
かなめをさらった馬は、すでに月明かりの下を、はるかに遠ざかっている。

山賊どもの松明の火も、もはや見えなかった。

水車の陰から、菊野とりくがもみ合いながら、出て来る。何か争っているようだ。珍しい光景に、みんなあっけにとられる。

りくが言った。

「菊野さまは、だいじなお体でございます。危ないまねは、お控えになるようにと、何度申し上げればよいのじゃ」

その、いかにも叱責めいた口調に、菊野はふだんに似ぬ乱暴なしぐさで、りくの手から袖を振り放した。

思うに、助勢に出ようとする菊野を、りくが必死になって引き止めた、ということらしい。

彦輔は、菊野を見た。

「おりくさんの言うとおりだ、菊野さん。かなめは、かならず助け出すから、心配いたすな」

さりながら、よもやかなめを山賊どもに、まんまとさらわれようとは、考えもしなかった。

不覚の極みだ。

宿場の方を見ていた藤八が、あわてたように言う。

「松明があと二つ、やって来やすぜ。仲間でござんしょう」

そのことを思い出して、彦輔も宿場を見返った。

街道を、別の松明が前後して二本、こちらへやって来る。

例の、逃げ遅れたと思われる、山賊どもの仲間だろう。

気を取り直して、闇に目を凝らす。二本の松明が離ればなれに、疾駆する馬の上で躍りながら、近づいて来る。

彦輔は草の上から、先刻の男が投げ捨てた松明を、拾い上げた。さいわい、火は衰えているものの、まだ消えてはいない。

彦輔は水車の陰にはいり、松明を左右に振り立てた。やがて、火勢がもどってくる。

藤八を見て、こちらへ走って来る馬を、顎で示した。

「藤八。おれが、先に来る馬の乗り手を、叩き落とす。あとから来るやつは、ほうっておけ。一人目を失敗したときだけ、二人目を仕止めることにする」

「分かりやした」

「おまえと鬼吉は、落ちたやつをふんづかまえろ。蛇の目はなんとか、馬を引き止めてくれ」

「合点で」

三人が、声をそろえて言う。

月明かりのもと、不安そうに見上げてくるりくと、もどかしげに小太刀に手をかける菊野に、彦輔はうなずいてみせた。

「おれたちに、任せておけ。間違っても、出て来るでないぞ」

菊野が唇を引き締め、不承不承といった顔で、うなずく。

彦輔は、左手に松明を持ち替え、刀を引き抜いた。

水車の陰からのぞくと、馬はすでに間近に迫っている。

先を走る馬が、松明とともにやって来た。後ろの松明は、二十間ほどの遅れだ。

彦輔は刃を上に向けて、じっと待ち構えた。

先頭の馬が、あと五間ほどに迫ったとき、水車の陰から一飛びに飛び出す。

ためらわず、疾走する馬の前に立ちはだかり、松明と刀を勢いよく振り回した。

馬は、驚いて前脚を突っ張らせ、尻を落として止まろうとした。

しかし、止まるに止まれず、前脚を上げたまま彦輔の方に、突っ込んで来る。

彦輔はとっさに体をかわし、鞍から浮いた小柄な乗り手の胴を、刀の峰で打ち払った。男は悲鳴を上げ、ぬかるんだ道にどうとばかり、転落した。

松明が、じゅっと音を立てて消え、転がった男に藤八と鬼吉が、飛びかかる。

同時に、立ち直ってまた走り出そうとする馬に、蛇の目が飛びついた。手綱をつかみ、馬の首をひねって、走り出せないように引き止める。

そのとき四人の脇を、後ろから来たもう一頭の馬が、脚を緩めず走り抜けた。

しかし、乗り手はすぐさま手綱を引き締め、少し先で馬を止めた。

くるりと馬首を巡らし、駆けもどって来る。

彦輔は、松明を捨てて刀の峰をもどし、八双に構え直した。

そのとき。

「あわてるな、彦輔。おれだ」

相手がそう言って、松明を自分の方に引きつける。

闇に浮かんだのは、富永隼人の顔だった。

彦輔は、刀を下ろした。

「おう、おぬしか。どういうことだ、これは」

隼人が馬からおり、手綱を蛇の目に預ける。

「だいぶ先まで探したが、天竜川の橋にはだれもいなかった。宿場へもどったら、山賊どもが引き揚げるところよ。そこで、いちばん後ろのやつを、馬から引きずり下ろして、入れ替わったわけさ。おぬしらに、一刻も早く追いつこう、と思ってな」

菊野とりくも出て来て、隼人のそばに走り寄る。

隼人は、松明をぐるりと巡らし、あとを続けた。

「かなめは、どうした」

一瞬、しんとなる。

彦輔は、口を開いた。

「実は、山賊の一人につかまって、連れ去られたのよ」

隼人が、松明を上げる。

「遠目に、一騒動あったように見えたが、あれがそうか」

「そうだ」

彦輔は、先刻の不始末の次第を、隼人に詳しく告げた。

「それゆえ、山賊どもの根城を聞き出すために、こやつを生け捕りにしたのだ。かなめを救うには、それしかあるまい」

藤八と鬼吉が、泥まみれになった黒覆面の男を、松明の前に引き据える。

藤八はうむを言わせず、覆面をむしり取った。

月代を、伸ばしほうだいに伸ばした、男の顔が現われた。

左の目が、赤黒くつぶれている。さほど、古い傷ではない。

藤八が、驚いた声で言う。

「旦那。この野郎は、本宿の番所の下の河原で、かなめやあっしを襲って来た、追いはぎの一人でござんすよ。なんでも、樋口兵庫という名前だそうで」

樋口兵庫の名が出たとたん、男の顔に狼狽の色が浮かぶ。

蛇の目も、口を出した。

「そうだ、間違いねえ。かなめの姐さんにつぶされた、左の目が何よりの証拠でござんすよ」

隼人が、松明を兵庫とやらの顔に、ぐいと近づける。

兵庫の左目は、確かに赤黒くつぶれており、まだ生なましい傷が残っていた。

兵庫は何も言わず、ふてくされた顔で藤八と蛇の目を、交互に見上げた。

彦輔は言った。

「今しがた、その左目をつぶした女子が、おまえの仲間に連れ去られた。根城はどこだ。さっさと言え」

兵庫の喉が、ごくりと動く。

「か、勘弁してくれ。そいつを漏らしたら、殺されちまう」

隼人が、松明の火を無事な右目に、突きつけた。

ひっと声を漏らして、兵庫が体をこわばらせる。

「死ぬよりつらいのは、目が両方とも見えなくなることよな。この松明を、おまえの無事な右目に、突っ込んでやろうか」

兵庫は、ぬかるみの中で体をずらし、顎を喉に引きつけた。

「わ、分かった。言うから、やめてくれ」

兵庫によると、山賊どもの今の根城は、前夜聞いた八森山ではなく、中山道の東側にある経ケ嶽(きょうがたけ)、という山の中らしい。

話を聞き終わると、隼人は懐から黒覆面を取り出し、彦輔に示した。

「こいつは、宿場で引きずり下ろした山賊から、召し上げたものだ。これをつけて、経ケ嶽の隠れ家とやらへ、かなめを助け出しに行く」

彦輔は、首を振った。

「おぬし一人では無理だ。おれも一緒に行く」

「いや。おぬしには、菊野さんをどこやらへ送り届ける、だいじな仕事がある。ここはおれに任せて、このまま伊那街道を急ぐのだ。かなめを助け出したら、おれたちもすぐにあとを追う。いいから、任せておけ」

東の空が、白み始めた。

*

勧進かなめは後ろ手に、柱に縛りつけられていた。

両の腕を精一杯、突っ張ってみる。何度試しても、固く縛られた麻縄は、びくともしない。

あきらめて、力を抜く。

立ち姿でなく、すわった姿勢で縛られたのが、せめてもの救いだった。

ただ、猿轡をされたために、鼻からやっと息はできるものの、声が出せない。

森の中の、この小屋に連れ込まれたときは、まだ夜が明けきっていなかった。

かなめを引きさらったのは、本宿の河原で自分たちを襲って来た、追いはぎの一人だった。

男が蠟燭をつけ、かなめの顔を見て漏らした言葉で、それが分かったのだ。

「おまえ、本宿の河原の女ではないか」

めくぼの藤八によれば、確か望月重兵衛という名の男だった。

それが、かなめに目をつぶされた男ではなく、いくらかは分別のありそうな、兄貴株の浪人者だったことで、少しほっとした。

もし相方の、なんとか兵庫という男だったら、小屋に連れ込まれると同時に、手ひどい仕返しを受けていただろう。

いずれにせよ、二人とも山賊の一味だったことが、はっきりした。

重兵衛はやはり、すぐには手を出さなかった。

蠟燭を吹き消すと、分捕り品らしい麻袋を抱え、小屋を出て行った。それから、かなり時がたつ。

おそらく隠れがで、仲間たちと酒でも飲んでいるのだろう。

いつもなら、鹿角彦輔が助けに来てくれるのを、つい当てにしてしまうところだ。

しかし、相手が大勢の山賊一味ともなれば、一人二人ではとても勝ち目がない。そう思うと、さすがに心細くなる。

そのとき、近くで木の枝が折れるような、乾いた音がした。右手の、羽目板から漏れてくる曙光が、かすかに揺れる。

だれかが、やって来たのだ。

閂がはずされ、引き戸がつかえながら、あけられる。

光を背に、戸口に黒ぐろと立ちはだかったのは、顔こそはっきり見えないものの、重兵衛に違いなかった。

かなめは、唇の裏を嚙み締めて、足を体に引きつけた。

重兵衛は何も言わずに、小屋に踏み込んで来た。戸口は、あけ放したままだ。

おもむろに言う。

「兵庫め、いまだにもどって来ぬ。宿場でもたもたしていて、つかまったらしい。もし、やつがもどっていたら、おまえもただではすまぬところだ」

かなめは口がきけず、相手をにらみつけるしかない。

重兵衛は続けた。

「とはいえ、兵庫めがいなくとも、やはりただではすまぬぞ。みながみな、女に不自由しておる。おれとて、同じことよ」

そう言いながら、そばにやって来る。

酒のにおいが鼻をついて、かなめはむかむかした。

重兵衛が、鞘ごと刀を抜き取って、脇の土間に置く。

目の前にしゃがみ込むと、かなめの上体を縛った麻縄を、ぐいと引き下げた。

わざとらしく、舌なめずりをしながら、襟元から胸へ手を差し入れてくる。

逃れるにも、逃れようがなかった。歯を食い縛って、耐えるしかなかった。

重兵衛がうそぶく。

「ふむ。なかなか、いい乳をしているではないか」

かなめはうなり、必死に身をよじった。

重兵衛も重兵衛の手も、いたずらをやめようとしなかった。

重兵衛が、かなめの襟をくつろげて、さらに奥へ手を入れようとする。

そのとき、小屋の外からまたぷちっという、乾いた音が聞こえてきた。

重兵衛はあわてて手を引き、刀を取り上げた。

「だれだ。だれか、いるのか」

すると、外から野太い声が、返ってきた。

「重兵衛。女のにおいが、ぷんぷんするではないか。抜け駆けは、許さんぞ」

重兵衛は首を振り、しぶしぶのように立ち上がって、戸口に向き直った。

「きさま、相変わらず、鼻のきくやつだな。戸はあけておくから、外で待っておれ」

どうやら、仲間が気配をかぎつけ、忍んで来たらしい。

「さっさとすませよ、重兵衛」

「煙草一服も、かからぬわ。ただし、のぞき見するでないぞ」

重兵衛が言い返したとたん、どすっという鈍い音とともに、甲高い悲鳴が上がった。

重兵衛は、すばやく刀を引き抜き、鞘を投げ捨てた。

そのまま、外へ飛び出して行く。

かなめは、耳をすました。

重兵衛の、どなり声。

「きさま、何者だ」

だれかが、外にいる山賊仲間を、斬り倒したらしい。

「おまえがさらった女の、用心棒よ」

かなめは、くぐもった声を聞き分けられず、とまどった。

たちまち、刃と刃がぶつかって、斬り合いが始まる。

重兵衛が、驚くほどの大声を出して、呼ばわった。

「みんな、来てくれ。役人だ、役人が来たぞ」

その直後、重兵衛のすさまじい悲鳴が起こり、泥水のはねる大きな音が聞こえた。

間をおかず、黒覆面の男が抜き身を手に、小屋へ飛び込んで来る。

切っ先を土間に突き立て、すばやくかなめの猿轡を引きはずる。

後ろに回って、すばやく縄目を切りはなった。

男が、前にもどって黒覆面をむしり取ると、そこに富永隼人の顔が現われた。

かなめは、自由になった腕を伸ばし、隼人の袖をつかんだ。

「助けに来てくれたんだね。恩にきますよ、旦那」

「来たのがおれで、あいにくだったな。彦輔が、あとを追おうとしたのを、おれが無理やり代わったのだ」

かなめは、首を振った。

「旦那ったら、お気遣いはいりませんよ」

支えられて、戸口へ向かう。

「仲間がやって来ないうちに、さっさと逃げよう」

言いもあえず、仲間たちが山道を駆けおりて来る、あわただしい音が耳に届いた。

隼人は、かなめの腕をつかんで、小屋をぐるりと裏手へ回った。

目の前の小道を指して言う。

「この道を、駆けおりろ。途中に、馬をつないである。それに乗って、先に行け」

「馬になんか、乗ったことがないよ」

「それなら手綱を引いて、駆けくだるのだ。おれが時を稼ぐ。この小道をたどれば、鍋懸街道に出る。すぐにあとを追う」

早口で言い、肩を押す。

「分かった。でも、早く来ておくれよ。それに、気をつけて」

隼人はうなずき、小屋のおもてへ駆けもどって行った。

かなめは、着物の裾を思い切りたくし上げて、隼人が示した小道をまっしぐらに、駆けくだった。

背後から、剣戟の響きとどなり声、叫び声が聞こえてくる。

斬り合いが、始まったのだ。

腕達者とはいえ、隼人一人で大勢の山賊たちと、どれだけ戦えるだろうか。不安で、胸がいっぱいになる。

ほどなく、木の幹につながれた馬の姿が、目にはいった。

かなめはそばに駆け寄り、手綱をほどいた。轡を取り、大急ぎで山道を、駆けおり始める。

背後に、足音が響いた。

振り向くと、血刀を斜め後ろに引き、いっさんに駆けおりて来る、隼人の姿が見えた。その後ろから、山賊どもがわめきながら、追いかけて来る。

「馬に乗れ」

隼人はどなり、すぐ後ろに迫った先頭の男を、逆袈裟に斬って捨てた。

山賊たちがひるんだ隙に、隼人が突進して来る。

かなめは無我夢中で、馬の背によじのぼった。

後ろから、隼人がすごい勢いで、飛び乗って来る。

隼人は、腹ばいになったかなめ越しに、腕を伸ばして手綱をつかんだ。

同時に、馬の腹を蹴りつける。

馬は、一瞬竿立ちになったものの、たちまち疾風のように、走り出した。

飯島宿　飯田宿

翌四月十二日。

朝五つ過ぎ、鹿角彦輔たちは伊那宿を立ち、街道を南へ向かった。

明け方、鍋懸街道から宿場へもどると、襲撃の混乱は収まっていなかった。

どこもかしこも、上を下への大騒ぎだった。

火をつけられなかったのが、せめてもの救いという声が、あちこちで聞かれた。

彦輔は、捕らえた山賊一味の一人、樋口兵庫なる浪人者を縛り上げて、宿場役人に引き渡した。

しばらくのあいだ、問屋場で待ってみたが、富永隼人と勧進かなめの安否は、届いてこなかった。

二人の身を案じつつも、隼人ならなんとかしてくれるだろう、という当てのない望みを抱くほか、方策がなかった。

下を見て歩きながら、はなからかなめを連れて来なければよかった、という考えも頭をかすめる。

しかし、今さら悔やんでも、始まらない。

めくぼの藤八をはじめ、ふだんはにぎやかな雁木の鬼吉、蛇の目の六郎兵衛の二人も、元気がなかった。

いつも明るい菊野まで、さすがに顔色がさえない。

肩を落として、力なく歩き続ける姿が、彦輔にはいっそつらかった。

逆に元気なのは、りく一人だった。

まるで、何ごともなかったようにすたすたと、先頭を歩いて行く。

その様子に、腹が立つよりあきれて、何も言えなかった。天気がいいのが、恨めしいほどだった。

三里ほど歩き、天竜川の支流らしい川を渡ると、右側に上穂(うわぶ)宿、左側に赤須(あかず)宿の二つが向き合った、珍しい宿場町に差しかかった。

そこの一膳飯屋で、早めの中食をとることにする。

店の親爺によると、ここはいわゆる合宿(ごうしゅく)で、今は二宿併せて赤須上穂宿、と称しているそうだ。

早飯をすませた鬼吉、蛇の目が宿場の様子を見に、出て行った。

しかし、間なしにもどって来ると、蛇の目があわただしく告げた。

「問屋場に、捕り手らしいいでたちのお侍が、大勢集まっておりやすぜ」

「捕り手。どこの捕り手だ」

彦輔の問いに鬼吉が応じる。

「なんでも一つ先の、飯島の宿場にお代官の陣屋がある、と聞きやした。そこのお役人連中が、ゆうべの一件を調べに伊那宿へ向かう途中だ、とのことでござんす」

それを聞いて、彦輔は藤八に顎をしゃくった。

「よし、行こう」

菊野とりく、それに鬼吉たちをそこに置いて、問屋場へ駆けつける。

問屋場では、確かに捕物支度をした連中が、食事をしている最中だった。

見たところ、屁の突っ張りにもならないような、木っ端役人ばかりだ。それでも、蛇の目が言ったとおり、数だけは十五、六人いる。

彦輔は、指揮をとる竹垣伊八郎、という元締を呼び出した。

自分の身分姓名を明らかにした上、昨夜の山賊襲来の顚末をつぶさに告げた。

伊八郎は、小普請組から回された御家人で、江戸者と出会ったことを、大いに喜んだ。いきさつを語ったあと、彦輔はさらに話を進めた。

山賊一味の、樋口兵庫なる男を捕らえ、宿場役人に預けてあること。

一味十数人が、鍋懸街道を西へ向かい、経ケ嶽の山中に逃げ込んだ、と思われること。また、連れの女かなめを一味にさらわれ、それを富永隼人が一人で、助けに向かったこと。

そのため、経ケ嶽に捕り手を差し向け、かなめを無事に取り返すべく、隼人に助勢してほしいこと。

ついでに、かなめと隼人が助け出されたら、自分たちがこの宿場の一つ先の、飯島宿で待っていることを、伝えてもらいたいと頼んだ。

念のため、隼人がお上の御用を務めていることも、付け加えておく。

飯島宿までは、赤須上穂宿から二里しかないが、前夜ろくに眠っていないため、早めに足を休めることにしよう、と決めてあった。

捕り手たちを見送り、赤須上穂宿を出たのは、昼九つ半ごろだった。

途中、何度か足を休めたために、飯島宿に着くまで一時半ほどかかり、夕七つ前になってしまった。

大木屋、という大きな旅籠に、部屋を三つとった。

内風呂がついていたが、それは菊野とりくに譲って、彦輔は藤八らと一緒に、湯屋へ行った。

半時ほどかけて、ゆっくり疲れをいやしたあと、ぶらぶら宿へもどる。

近くまで来たとき、蛇の目が旅籠の二階を指さして、頓狂な声を発した。

「だ、旦那。あれをごらんなせえ」

目を上げると、二階の障子窓の手すりから、身を乗り出して手を振る、菊野の姿が見えた。

菊野は、まるで泣き笑いをするように口を開き、声にならない声で何か訴えている。

すると、その後ろから別の女が顔をのぞかせ、同じように手を振るではないか。

藤八が、言う。

「旦那。ありゃあ、かなめでござんすよ」

彦輔はさすがに驚き、手を振り返して言った。

「見れば分かる。隼人が、助け出したに違いないぞ」

みんないっせいに、旅籠へ駆けもどった。

半時ののち。

彦輔らは、そろって膳に向かいながら、隼人とかなめの話を聞いた。

隼人によると、かなめを助け出したあと、追っ手の山賊をかわすため、いっとき鍋懸街道をはずれて、遠回りをしたという。

それに、馬が足を痛めて乗れなくなり、伊那宿へもどるのが昼前になった。

風呂にはいったり、衣服を乾かしたりしているうちに、飯島陣屋の捕り手たちが、宿場にやって来た。

隼人は、元締の竹垣伊八郎に面会し、山賊たちの消息を伝える一方で、彦輔からの伝言を聞かされた、という。

そのあと隼人は、かなめを助け出したいきさつを、手短に語った。

それによると、山賊たちのあとを追うのは、思ったより楽だった、という。多数の馬が走ったため、ぬかるみにその足跡がくっきりと、残っていたそうだ。

連中が、鍋懸街道と経ケ嶽を行き来した道筋も、容易に見つけることができた。

「かなめをさらって、小屋に閉じ込めた男は、分捕り品を運んで行ったきり、しばらく姿を消していたらしい。そやつがもどって来た直後に、おれがその小屋へたどり着いた、というわけよ。ちょっとでも遅れたら、どうなっていたか分からぬがな」

そう言って、隼人は意味ありげに彦輔に、笑いかけた。

かなめが、たしなめるように隼人をにらみ、ついでに彦輔の顔色をうかがう。

彦輔は、わざと屈託のない笑みを浮かべ、かなめを安心させてやった。

いちばんすなおに、かなめの無事を喜んだのは、菊野だったかもしれぬ。

菊野は、かなめのそばに寄り添い、身振り手振りでしきりに何か、訴えかけた。

かなめも、それに精一杯言葉を返して、その気持ちに応じていた。

りくは例によって、ぶすっとしたままだった。

隼人は、詳しく語らなかったが、大勢の山賊たちを相手にして、獅子奮迅の戦いを繰り広げたに違いない。

それは、衣服に残っていた泥の汚れや、乾いた血糊(ちのり)を見るだけでも、よく分かる。

やむをえなかったとはいえ、彦輔は自分が助けに行けなかったことを、いささか負い目に感じた。

それだけに、二人が無事にもどったことを、だれよりもうれしく思った。

翌四月十三日。

彦輔一行は夕七つ前、飯島宿から六里ほど南の、飯田宿に到着した。

休みやすみ歩いたせいで、だいぶ時がかかった。

さらに、飯田から大平街道を西へ向かい、中山道の妻籠に出るまで、八里ほどの道のりがある。

これはさすがにきついので、その日は飯田に泊まることにした。

飯田宿は、わずか一万七千石の小藩ながら、関ケ原以来の徳川家の譜代大名、伴内信濃守光豪(みつひで)の城下町にある。

美原屋という、小ぎれいな旅籠に宿をとった。

他の宿場と比べて、ここはどの建物もおおむね、普請が新しい。火事が多いせいのようだ。

あるじによると、飯田はしばしば大風が吹くため、火が広がりやすいのだという。

近時の大火は四年前で、そのおりは宿場の七割方が、灰になったそうだ。

また、他の宿場に比べて格段に、馬の数が多い。

飯田には、いくつも往還が重なるせいで、日に入馬千疋(いりうませんびき)、出馬(でうま)千疋といわれるほど、中馬(ちゅうま)の行き来が盛んだという。

彦輔と隼人、藤八は明るいうちから、宿場の南端に近い、湯屋へ行った。女たちは内湯を使い、鬼吉と蛇の目は留守番を引き受けた。

湯を出たあと、彦輔たちは二階で軽く酒を飲み、これからの見通しについて、論じ合った。

京都までという最初の話は、行く先をぼかすための虚仮(こけ)だろう。

実際には中山道の、東海道と合流する草津宿へ着くまでに、真の行く先が明らかになるはずだ。

詰まるところ、それが三人の一致した考えだった。

外へ出たとき、日はすでに西の山の端にかかり、夕闇が迫りつつあった。

宿へもどると、女たちの姿が見えない。留守番の鬼吉、蛇の目もいなくなっていた。

宿の女中の話では、菊野たち三人はそろって近在の名物、お六櫛とやらを買いに出た、という。

念のため、鬼吉がついて行ったらしい。

しかし、少しばかり帰りが遅いので、今度は蛇の目が様子を見に、出て行った。それきり、五人ともまだもどっていない、というのだ。

「その、お六櫛というのは、どこで売ってるんだね」

藤八の問いに、女中は前垂れで手をふきながら、眉根を寄せて言った。

「名物じゃけん、土産物屋ならどこでも売っとりますが、元祖お六櫛の柏屋の出店を、教えてあげなした」

「その店は、どこにあるんだ」

「宿場の西から、大平街道を少し行ったとこに、ござります。ただ、あっちこっちで元祖をうとうとるけん、どこが本家かだれも知らんずら」

それを聞いて、彦輔はにわかに不安を覚え、割り込んだ。

「その出店は、宿場のはずれから、どれほどのところだ」

「ほんの、五町ほどだに」

たいした道のりではないが、まさかということもある。鬼吉と蛇の目だけでは、いかにも心配だ。

彦輔は、隼人を見た。

「そんなところまで、足を延ばしたとは思えんが、いちおう様子を見に行ってくる。おぬしらは、ここで待っていてくれ」

「一人でだいじょうぶか」

「心配するな。入れ違いにもどって来る、ということもある。そのときは、説教してやってくれ」

隼人は、瞬時迷うそぶりを見せたが、すぐにうなずいた。

「分かった。早く行け」

旅籠を飛び出した彦輔は、宿場の西のはずれまで、小走りに急いだ。

大平街道へはいったとたん、裾を乱しながらやって来る、かなめの姿が見えた。

その後ろから、鬼吉と蛇の目が遅れぎみに、ついて来る。

近づくとともに、蛇の目がりくを背負っているのが、見てとれた。

しかし、菊野の姿がどこにもない。

彦輔に気づいたかなめが、転がるように駆けて来た。

彦輔は、飛びついてくるかなめを、両腕で抱き留めた。

「どうした、何があった。菊野さんは、どこにいる」

かなめはそれに答えず、息を切らしながら鬼吉たちに、手を振った。

「あんたたち、早くおりくさんを旅籠へ、運んでおくれな」

二人は足を止めず、彦輔にぺこぺこしながら、宿場へ向かった。

おりくは蛇の目の背で、ぐったりしたままだ。

かなめが言う。

「お六櫛を買いに、この街道を三町ばかり、はいったのさ。そうしたら、あいつらが道の脇から出て来て、わたしたちを取り囲んだんだよ」

彦輔は、かなめの肩をつかんだ。

「待て、待て。あいつらとは、だれのことだ」

「彦さんが、あやしいとか言っていた、二人連れのさんぴんだよ」

虚をつかれ、言葉を失う。

あの二人のことは、ここ数日すっかり、放念していた。

「彦さんは、あの二人がおりくさんと、ぐるじゃないかと疑っていたけれど、そうじゃなかった。一人が、おりくさんをつかまえるが早いか、首筋を打って気絶させたんだ。それから菊野さんに、刀を投げ渡せと言ったのさ」

「渡したのか」

「いいえ。菊野さんは、やつらに渡すかわりに、わたしに投げてよこしたんだ」

かなめは、袖の下から短めの刀を、取り出した。

あらためるまでもなく、菊野の小太刀に違いなかった。

かなめが続ける。

「二人のほかに、仲間が三人と駕籠かきまで、一緒にいたんだよ。そいつらが、菊野さんを駕籠に乗せて、妻籠の方へ連れ去ったのさ」

かなめの話によると、頭目株の男が一人だけその場に残り、鬼吉や蛇の目が駕籠のあとを追えないように、しばらく見張っていたそうだ。

頭目は眉の濃い、色の浅黒い男だったというから、丸井角兵衛に違いあるまい。

駕籠が見えなくなると、男はようやくりくを突き放し、ふところから折り畳んだ紙を取り出して、かなめに投げ渡した。

そのあと、道端の茂みから馬を引き出し、さっさと走り去った、というのだ。

「その言づてというのが、これなんだよ。鹿角彦輔に渡せと、そう言われたのさ」

かなめは袖口に手を入れ、くしゃくしゃになった紙を、彦輔に突き出した。

広げて読む。

卯月十五日昼午下刻
馬籠（まごめ）峠上蛇抜（じゃぬけ）神社
単身不来小娘可死
○□

彦輔は、唇を引き結んだ。

角張った癖のある字だが、意味は読み取れる。

四月十五日、つまり明後日の昼八つ前ごろに、馬籠峠上の蛇抜神社とやらへ、一人で来い。さもなければ、菊野の命はない。

そう言いたいらしい。
○□はむろん、丸井角兵衛のことだろう。
紙を裏返して見たが、それ以外は何も書かれていない。

かなめが、のぞき込む。

「なんて書いてあるんだい」

「菊野を死なせたくなければ、あさっての昼馬籠峠の神社に、おれ一人で来いと書いてある」

　かなめは親指の爪を噛み、少し考えて言った。

「彦さんは、おりくさんを疑っていたけれど、あのさんぴんたちとは、関わりがなかったんだね。あいつらに、人質にされたくらいだから」

「まあ、狂言でなければな」

　負け惜しみを言ったとき、旦那、旦那と呼ぶ声が聞こえた。

　振り向くと、藤八が息せききって、駆けて来た。

「旦那。いったい、どうしたってんで。菊野さんがさらわれたって、ほんとでござんすかい」

「ほんとうだ。とにかく宿へもどって、隼人と相談しよう」

大平街道　妻籠

　明けて、四月十四日の早朝。

　鹿角彦輔は、単身飯田宿を立って大平街道にはいり、中山道へ向かった。

　大平峠の手前に、飯田領主伴内家預かりの市ノ瀬関所があり、女改めをしていた。

　彦輔は難なく通り抜けたが、菊野を連れ去った丸井角兵衛らは、おそらく脇道にそれるかして、関所を避けたに違いない。

角兵衛とその仲間が、どこで見張っているか分からず、彦輔はとりあえず一人旅を、装っていた。

半時ほど間をおいて、富永隼人と藤八がなりを変え、あとを追う段取りになっている。角兵衛も、相方の中山道之助も、隼人のことは知らぬはずだ。

藤八とは、桶川の湯屋で一度顔を合わせているが、はっきりとは覚えていまい。

りくとかなめには、鬼吉、蛇の目とともに、半日遅れで出立するように、言ってある。当初かなめは、隼人と藤八に同行すると言い張ったが、なんとか彦輔が説得した。

大平街道は、伊那街道と比べても、だいぶ道が悪い。

妻籠宿まで、石がごろごろした険しい山道を、何度ものぼりくだりするのは、男でも楽な仕事ではない。

菊野を連れ去った連中も、雇い駕籠でこの難路を行くにせよ、限りがあるだろう。どこかで駕籠を捨て、徒(かち)で行ったに違いない。

五人の男に、脇を固められて歩くとなれば、菊野もそうたやすくは囲みを破れまい。声を上げて、助けを求めることもできないから、逃げるのはまず無理だろう。

大平街道を行き来する、旅人の姿はほとんど見られない。杣人(そまびと)らしき土地者を、ときどき見かけるだけだ。

道みち、彦輔は考えを巡らした。

そもそも菊野は、ただの小娘ではない。丸腰とはいえ、油断をすれば大の男でも、扱いかねるほどの腕がある。

そのことは、菊野の太刀筋を目にした角兵衛も、十分承知しているはずだ。

それだけに菊野が、なまじいに腕を振るおうとして、もしものことがあれば、やぶへびになる。

それにしても、不審なことが多い。

角兵衛らが、菊野を無理やりさらったり、始末したりするつもりなら、その機はいくらでもあった。

桶川の一件はさておき、羽根石山のおりなどは、願ってもない好機だったはずだ。

そうせずに、今ごろあらためて連れ去った上、彦輔を呼び出そうとするとは、いかなる所存か。

かりにも、身代金を取る気でいるなら、あの言づてにそう書くはずだが、それらしい文言はなかった。

もっとも、最初に渡された路銀は半額の五十両で、三分の一近くは遣ってしまった。

残りの金は、京都の両替屋で受け取るまで、手元にはない。

もしも、身代金を求められたりしたら、今ふところに残っている分だけでは、手付けにもならないだろう。

しかし、ないよりはましと考えて、とりあえず三十両を手行李に入れ、背負ってきた。

ともかく、この上は角兵衛とじかに会って、何が望みか聞くほかはない。

ようやく、彦輔が妻籠宿のはずれの、橋場村にたどり着いたのは、夕七つ前のことだった。

十間以上もある、長い板橋がかかっており、下を流れる川がごうごうと、すさまじい水音を立てている。

ただ、木曽川の本流にしては、幅が狭すぎるような気がした。川筋からして、西側の本流に流れ込む、支流だろう。

左へ向かえば馬籠宿、右へ向かえば妻籠宿と、石標が出ている。

角兵衛たちが、どちらへ向かったか、分からない。いちばん近い、妻籠の旅籠に宿をとったか。

あるいはすでに、彦輔と落ち合う馬籠峠へ、向かったか。

それとも、どこかこの近辺に用意した、隠れがにでもひそんでいるのか。

彦輔は、暮れなずむ空に浮かぶ、馬籠峠の方に目を向けた。

できれば、蛇抜神社とやらを下見しておきたいが、すでに日暮れが近いので無理はできない。

肚を決めて、妻籠の宿場へ向かった。

よもや角兵衛も、女子の人質を連れて平旅籠に泊まる、などという無謀なことはするまい。

かりに、角兵衛と宿場で出くわしたりすれば、彦輔は騒ぎ立てて役人の気を引き、助けを求めることができる。

それは角兵衛も、望まないだろう。

一党はどこか別の場所に、身を隠したに違いない。その隠れがを、あてもなく探したところで、時をむだにするだけだ。

彦輔は、妻籠宿に急いだ。

街道沿いに、茶店や土産物屋を含む、民家が散在している。茅葺き、瓦葺きの屋根はなく、家はすべて板葺きだった。

風から家を守るためか、屋根板の上には石がいくつも、置かれている。

どの家にも土壁は見られず、板壁ばかりが目立つ。冬場は寒さが厳しいため、土壁だと凍りついて崩れるとか、そんな話を聞いたことがある。

ようやく、宿場にはいった。道幅の狭い、簡素な宿場だ。

一歩きしてみる。

坂の多い、三町足らずの街道に、建物が七、八十軒ほども並んでおり、その半分近くが旅籠だった。

同じ中山道でも、このあたりは山また山の、嶮岨（けんそ）な場所に違いない。そのためか、行き来する旅人も泊まり客も、下諏訪宿などと比べて、寂しいほどの数だ。

彦輔は、宿場の通りを丹念に探し歩いて、両隣の部屋がすでに客でふさがり、真ん中があいている旅籠を探して、腰を落ち着けた。あいだを、二枚の襖で仕切っただけの、四畳半の部屋だ。

両隣がふさがっていれば、あとから不審な客がはいる、という心配はない。

その日は風呂にはいらず、酒も飲まないことにした。

旅籠の女中に聞くと、馬籠峠には確かに蛇抜神社と称する、古い神社があったそうだ。もっとも、今は宮司も神主もおらず、荒れ果てた廃社になっている、という。

角兵衛は、当然ながらじゃまのはいらぬ、人目のない場所を選んだのだ。

隼人と藤八も、同じ妻籠宿に泊まるに違いないが、それぞれ一人旅を装って、別々に宿をとったはずだ。

半日遅れのかなめ一行は、大平街道の最後の宿場、広瀬宿に泊まることになっている。その上で、明日の昼ごろ妻籠にはいり、様子が分かるまで宿にとどまるよう、固く言ってあった。

前夜飯田宿で、彦輔は角兵衛がよこした言づてを、隼人に見せた。

隼人も彦輔同様、角兵衛の真意を測りかね、首をかしげた。

菊野を奪い去って、亡き者にするのがねらいならば、角兵衛の目的はすでに達せられたはずだ。

今さら、彦輔を呼び出す必要は、ないではないか。

「こればかりは、迅一郎と藤十郎を問い詰めて、本筋を明らかにするほかはないな」

それが、隼人の意見だった。

下諏訪での話によれば、東海道をのぼるおとりの一行の、あとをつけていた侍たちが、途中で姿を消した、という。

中山道を行く、彦輔たちの一行の中にこそ、ねらうべき真の相手がいる、と見抜いたらしい。

そこで隼人も、その連中のあとを追って身延街道、甲州道中を抜け、下諏訪へやって来たのだ。

神宮迅一郎も、追っ手と隼人が消えたと分かれば、すぐさま手の者を何人か引き連れ、中山道へ回ってくるはずだ、というのが隼人の読みだった。

しかし、今までのところ、そうした侍たちの一行は、いっさい目にしていない。

藤八の道中案内を見ると、甲州道中を上諏訪まで来ずに、手前の金沢で左に折れ、高遠をへて伊那へ先回りをする、という道筋もあった。

そうすれば、迅一郎らは山賊たちの襲撃より前に、鍋懸街道から中山道の宮ノ越へ、一気に抜けることができたはずだ。

もしそうなら、彦輔たちより先に妻籠から馬籠へ、足を延ばしたかもしれぬ。

馬籠峠

翌朝は、雨が降っていた。

妻籠宿から馬籠峠まで、一里半に満たぬ道のり、という。

平地ならば、半時ほどで歩けるだろうが、この雨と険しい山道のせいで、倍近くもかかった気がする。

すでに昼九つ、午の正刻は過ぎたはずだ。

指示された午の下刻には、まだしばらく間があるものの、丸井角兵衛の一党はとうに、来ているに違いない。

鹿角彦輔は足を止め、少しのあいだ息を整えた。雨合羽の下にも、だいぶ雨が染み込んでおり、気色が悪い。

峠を割る切り通しに立ち、馬籠宿の方を見下ろした。

石を載せた、板葺きの屋根があちこちに、見え隠れする。しかし、そのたたずまいはただの民家で、馬籠宿はもっと下の方だろう。

あたりを見回したとき、突然頭の上から、声が降ってきた。

「ずいぶん早いではないか」

振り仰ぐと、右手の崖の上に立ちはだかって、こちらを見下ろす男の姿があった。

塗笠をかぶっているものの、雨合羽は着ていない。顔はよく見えないが、声で角兵衛の相方の中山道之助、と知れた。

「指図どおりに、やって来たのだ。用件を聞こう。その上で、菊野を返してもらうぞ」

彦輔が言うと、道之助は横柄に応じた。

「その話は、蛇抜神社でする。神社は、この崖の裏手にある」

「どこからはいるのだ」

「そこだ」

道之助はそう言って、切り通しの端に顎をしゃくった。どこまでも、横柄な男だ。

「その前に、おぬしらの用件を聞こう。菊野をさらって、どうしようというのだ。身代金でも、取るつもりか」

「崖の裏へ回れ、と言っているのだ。言うとおりにせねば、菊野の命はないぞ」

彦輔は、口をつぐんだ。

菊野の命がねらいならば、とうに始末をつけているだろう。ねらいはきっと、別にあるはずだ。

「分かった」

短く答え、道之助が示した切り通しの端へ、足を運ぶ。

すると、茂った木立のあいだに、奥へ延びる小道が見えた。

降りかかる、大粒の雨滴を笠で避けながら、小道へ踏み込んで行く。

ぬかるんだ土の上に、乱れた足の踏み跡が残っているのは、何人もの人間が出入りしたあかしだ。

いつの間に先回りしたのか、小道の途中で道之助が待ち受けていた。羽織も裁着袴も、濡れそぼったままだ。

そばに来た道之助が、無造作に右手を突き出す。

「差し料を預かろう」

少し考え、彦輔は雨合羽の下で、腰を探るしぐさをした。

合わせ目から、とっさに左手を突き出し、道之助の右の手首をとらえて、ぐいと引き寄せる。

同時に、相手の脇差を右手で引き抜き、すばやく首筋に突きつけた。

「おとなしくしろ。騒ぐと、容赦しないからな」

不意をつかれた道之助は、一瞬頬をこわばらせたものの、すぐに薄笑いを浮かべた。

「むだなことをするな。おれを殺せば、小娘はもどらんぞ」

「それはどうかな。菊野を殺すつもりなら、とうにやっているはずだ」

彦輔が言い返すと、道之助はぐっと詰まった。

口調を変えて言う。

「何をする気だ、おぬし」

「奥へ進め。菊野がいるところへ、案内するのだ」

道之助は、せせら笑った。

「言われなくとも、案内するところよ」

彦輔は、脇差を道之助の首筋に当てがったまま、左手を離して相手の大刀を鞘ごと引き抜き、草むらへ投げ捨てた。

その手で、今度は襟元をつかむ。

「このまま、後ろ向きに歩け」

道之助は不満げに、唇を引き結んだ。

それでも、彦輔に顔を向けたまま、言われたとおり足探りしながら、あとずさりを始める。

ときどき、ぬかるみに足を取られて、よろめいた。そのたびに、彦輔は首筋に刃先を強く、押しつける。

しまいには、耳の下に刃が食い込み、血が流れ出した。

油断なく、あたりに目を配りながら、道之助を押して行く。

ほどなく、生い茂った木々が途切れ、広い草地に出た。

風雨にさらされ、朽ち果てた大きな祠(ほこら)が、ぽつんと立っている。縁板(えんいた)はそり返り、手すりは腐って崩れ落ち、扉の格子は折れ曲がって、傾いたままだ。

屋根にも穴があき、載せられた石には苔がむしている。これを神社と呼んだら、ほかの神社は立つ瀬がないだろう。

祠の裏手から、ぬかるみを蹴立てながら、男たちが姿を現わした。先頭に立つのは、むろん丸井角兵衛だ。

角兵衛をのぞく、ほかの侍は三人だけだった。

菊野が、その三人のあいだから、顔をのぞかせている。

彦輔を見返すその目に、恐怖の色はなかった。悟りきったような、落ち着いたまなざしだ。

彦輔はあらためて、三人の侍たちの顔を見比べた。たとえ田舎侍にしろ、だれもが悪党づら、というわけではない。

これが、東海道から回って来た連中だとすれば、富永隼人が言った人数よりも、はるかに少ない。どこか近くに、残りがひそんでいるのかもしれぬ。

それにしても、角兵衛以下男たちのだれもが、抜刀していない。余裕があるようだ。

彦輔は、道之助の首筋に当てた刃を、ぐいと起こした。

道之助が、焦ったように喉を動かす。

彦輔は、探りを入れた。

「菊野を前に出せ。この男と、交換しようではないか」

そんな、安直な取引に乗らないことは、承知の上だ。

角兵衛が、濃い眉の下から熱っぽい目で、彦輔を見返した。

神妙な口調で言う。

「どうか、お鎮まりくださいますよう」

それから、取ってつけたように、続けた。

「若さま」

思いも寄らぬ呼びかけに、虚をつかれる。

一瞬、右手に力がはいったらしく、道之助が喉を鳴らして、首をのけぞらせた。

彦輔は、言い返した。

「何が、若さまだ。ふざけている場合ではないぞ」

角兵衛は、笑わなかった。

「ふざけてなど、おりませぬ。あなたさまは、まぎれもなく飯田一万七千石、伴内信濃守さまのご子息、せいじろうさまでございます」

ますます、混乱する。

「せいじろう。おれがか。ばかを申せ。おれは鹿角彦輔と、名乗って聞かせたはず。寝言を言うのも、たいがいにせよ」

「なんの、まことでござる。せいの字はさんずいに、将軍家斉さまの〈なり〉。じろうのじは、次と書きまする」

済に次郎、つまり済次郎か。

まったく、覚えがない。まして、大名の息子だなどと、冗談にもほどがある。

彦輔は、道之助の襟をつかんだ左手を緩めず、油断なく角兵衛を見返した。

何を考えているのか、さっぱり分からぬ。角兵衛の顔は、相変わらず引き締まったままで、ふざけている様子はない。

かといって、頭がおかしくなった気配もない。

ほかの男たちも、まったく表情を変えず、真剣に彦輔を見守っている。

さらに、男たちのあいだからのぞく、菊野の目にもとまどいの色がない。それがなおさら、不思議だった。

これには間違いなく、何か裏がある。

持ち前の、好奇の心がむらむらと、わいてきた。

「おれがその済次郎なら、どうだというのだ」

角兵衛が、軽く頭を下げる。

「脇差をお捨ていただき、道之助をお放しください」

あくまでも、真顔だった。

「おれに、おぬしらの人質になれ、とでもいうのか」

「人質など、めっそうもないこと。ともかく、脇差をお引きくださいますよう」

ますます、分からなくなる。

「菊野はどうなる」

「この小娘は、ただのおとり。当方に用があるのは、若さまお一人でございます」

彦輔は、憮然とした。

菊野がおとりとは、どういうことか。わけが分からぬ。

彦輔は、道之助の首に脇差を擬したまま、角兵衛に言いつのった。

「わけを言え。おれが、伴内信濃守とやらのせがれ、済次郎でなければならぬ、そのわけを」

角兵衛は表情を変えず、辛抱強い口調で応じる。

「わけも何も、ございませぬ。済次郎さまは、済次郎さまでございまする。もはや、お芝居を続ける必要はない、と存じまする」

ばかていねいな物言いに、むしろこけにされたような気がして、彦輔は口を開こうとした。

そのとたん、にわかに周囲の木立が揺れ、人の色めき立つ気配が迫ってきた。

尋常ならぬ殺気に、体を引き締めて左右をうかがう。

それを見すましたように、道之助がみずから後ろ向きに転がり、脇差の刃を逃れた。

木立の中から、黒装束に身を固め、黒覆面でおもてを隠した男たちが、次つぎに躍り出て来る。

その数は七、八人。いずれも、抜き身をかざしている。

やはり、仲間がいたか。

彦輔は、とっさに雨合羽をかなぐり捨て、道之助の脇差をほうり出して、大刀を引き抜いた。

角兵衛たちも、いっせいに抜刀する。

彦輔は、斜め後ろから斬りかかって来た、黒覆面の刀を寸前ではねのけ、開いた胴に一撃を見舞った。

すばやく、向き直る。

道之助が、草地に落ちた脇差を拾い、襲いかかる別の黒覆面の鱬を、勢いよくなぎ払った。

黒覆面が声を上げ、草の上に腰を落とす。

とっさに、彦輔は同士討ちをしたのか、と目をみはった。つかの間、黒覆面たちがどちらの味方なのか、判断がつかなくなる。

角兵衛に目を向けると、角兵衛もまた斬りつける黒覆面をすかして、逆に斬り伏せたところだった。

菊野はと見れば、別の黒覆面の刃をかいくぐり、彦輔の方へ駆け寄って来る。

彦輔は、脇差の代わりに腰に差してきた、菊野の小太刀を鞘ごと引き抜いた。

それを、そのままはずみをつけて、菊野に投げ渡す。

受け止めるより早く、菊野は抜く手も見せず、刃をひらめかせた。

真一文字に、横胴をなぎ払われた黒覆面が、一声上げて倒れ伏す。がつん、と音がしただけで、血しぶきは飛ばなかった。

よく見ると、菊野の手にした小太刀の刃が、とっさの間に逆さまに、返されている。

投げられた小太刀を、受け止めて抜くだけでも、相当の腕が必要だ。それを、瞬時に返して峰打ちにするとは、めったにできるわざではない。

打たれた黒覆面は、しばしうなり声を上げていたが、間なしに動かなくなった。

菊野の太刀さばきを、まのあたりにしたほかの黒覆面が、にわかに浮足立つ。

そのあいだにも、角兵衛とその一党は数で劣りながら、襲いかかる黒覆面の集団を、立て続けに斬り倒した。

すると、またまた木立の中から、まるで地虫でもわくように、新たな黒覆面の一団が、飛び出して来る。

ただ、今度は数が少なく、わずか五人だった。

しかし、最初の一団より腕は確かで、先頭の三人が角兵衛の配下の三人を、一人一殺で次つぎに斬り倒す。

その上で、角兵衛と道之助の二人に、鋭く迫った。

さすがに角兵衛、道之助はすぐにはやられず、三人を相手に負けずに斬り結ぶ。

残る二人は、三人に減った最初の黒覆面とともに、彦輔と菊野に向かって来た。

その二人が、左右から彦輔をねらい、あとの三人は菊野を正面から、押し詰めていく。どうやら最初の一団は、こちらの腕を確かめるか、あるいは疲れさせるのだけが、ねらいだったようだ。

あとから現われた五人は、それまでの者たちとはまるで、太刀筋が違う。いずれもかなりの手だれで、臆せずこちらに迫って来る。

とはいえ、そうした連中が角兵衛たちまで、始末しようとしているのは、どういうことか。

最初は、角兵衛の一党だとばかり思ったが、真剣に斬り合うところを見ると、どうやら黒覆面の侍たちは、仲間ではないようだ。

まったく、先の読めない斬り合いになった。

角兵衛が、彦輔を別人扱いしたことから始まり、話が奇妙な方向へどんどん、ねじれていく。

しかし今、それを穿鑿している余裕は、まったくない。

彦輔が対峙する二人は、たとえ一対一で戦っても、かなり苦戦をしいられそうな、それなりの遣い手だ。

彦輔は、刀を下段に構えたまま、動けなかった。

二人のうちの、どちらが仕掛けて来るにせよ、それを受けているあいだに、残る一人に斬りかけられたら、防ぐのはむずかしい。

これがほかの場合なら、一目散に逃げ出している。

一人で三人を相手にする、菊野に手を貸してやりたいが、むしろこちらが手を借りたいくらい、追い詰められた気分だった。

目の隅に、菊野の動きがちらり、と映る。

菊野は、向かって左にいる黒覆面に、誘いの隙をみせた。

すると、反対の右側にいた男が、その隙をついていきなり菊野に、斬り込もうとする。

「菊野」

彦輔が叫ぶより早く、逆を取られた菊野はとっさに小太刀を返し、右側の相手のふところに、飛び込んだ。

この奇襲に、防戦する間もあらばこそ、男は右肘を斬られて刀を落とし、泥に膝をついた。

さらに菊野は、残る二人にも果敢に立ち向かい、たちまち手首や肘を切り裂いて、刀を捨てさせた。

菊野に気を取られ、半身になった彦輔をめがけて、黒覆面の一人が勢い猛に、斬りかかる。

受ける余裕はなく、彦輔は背を丸めて体を沈め、太刀筋を避けようとした。

しかしすでに遅く、相手の太刀はまともに彦輔の背に、どすっと食い込んだ。

すさまじい衝撃を受けて、彦輔はたまらずその場にくずおれ、泥の中に膝をついた。

やられた、と思う。

とたんに、大声が耳を打った。

「隼人、推参」

次の瞬間、頭の上ですさまじい悲鳴が上がり、相手の男がそのまま背中の上に、倒れかかってくる。

名乗りを上げたのは、まさしく富永隼人の声だった。

彦輔は泥に手をつき、おおいかぶさった男を力任せに、振るい落とした。

同時に隼人が、黒覆面の首筋からぐいとばかり、刀を引き抜く。

勢いよく血しぶきが飛んで、彦輔の顔に降りかかった。

黒覆面は目を見開いたまま、息が絶えていた。

「大事ないか、彦輔」

隼人に声をかけられ、彦輔は体を起こした。

わけが分からぬまま、息をついて応じる。

「うむ、大事ない。おかげで、助かった。しかし、遅かったではないか」

そのとたん、背中からにぎやかな音とともに、足元に小判がこぼれ落ちた。

なんと、手行李に入れて背負った小判のおかげで、命拾いをしたのだった。

彦輔は、冷や汗をかきながら、隼人の方に向き直った。

隼人が、残った黒覆面の男の喉元に、刃を突きつけている。

男の手には、すでに刀がなかった。とうに、叩き落とされたらしい。

角兵衛と道之助も、あとから現われた黒覆面の一人を、生け捕りにしたとみえて、草の上に引き据えたところだった。

菊野も無傷で、すでに小太刀を収めている。斬り合いなど、まるでなかったとでもいうような、けろりとした表情だ。

それを見計らったように、めくぼの藤八が木立から出て来た。

麻縄を取り出し、生き残った黒覆面の男たちを、手際よく後ろ手に縛り上げて、数珠つなぎにする。

それが終わると、藤八は妙ににやにやしながら、泥まみれの小判を拾い集めて、巾着に落とし込んだ。

そのとき、またまたのそりとばかり、木立から姿を現わしたのは、待ちかねていた神宮迅一郎と、坂田藤十郎の二人だった。

迅一郎が言う。

「苦労をかけたな、彦輔。これにはいろいろと、わけがあるのだ」

彦輔は、ため息をついた。

「そうだろうとも。ゆっくり、話を聞かせてもらおうか」

まったく、腹が立つ。

馬籠宿

その翌日。

信州飯田、伴内信濃守家中の国家老、岩重茂左衛門は白い髪をわずかに残した、いかにも一徹そうな老武士だ。

くぼんだ目と、入れ歯で緩んだような口元から、すでに古希を過ぎていることが、読み取れる。

茂左衛門は、鹿角彦輔に深ぶかと、頭を下げた。

「このたびのこと、もとはと申せば伴内家安泰のため、それがしの一存で仕組んだ、田舎芝居でござる。坂田藤十郎以下、丸井角兵衛、中山道之助らはみな、それがしの手足となって、働いたのみ。何とぞ、その者たちの数かずのご無礼は、それがしの指図によるものと思し召して、ご寛恕いただきとう存ずる」

彦輔は当惑して、茂左衛門に呼びかけた。

「ご家老。どうか、つむりをお上げください。父親にも等しいお年のご家老に、さようなご挨拶をされては、それがしとて困惑いたします」

茂左衛門は、ゆっくりと頭を上げた。

「さりとはいえ、ご公儀徒目付のお家柄のご子息を、当家のような小名の家督争いに巻き込み申したこと、言い訳のできる沙汰ではござらぬ。大目付筋の知るところとなれば、それがしがしわ腹を切るくらいでは、とうていすまぬこと。お家改易は、免れますまい」

「ご案じならずとも、よろしゅうございます。それがしの口から、お上の筋へ漏れることはない、とお請け合い申す。ただ、神宮迅一郎から恐れ多い筋へ、沙汰の上がる懸念もござるゆえ、くれぐれもご油断召さるな」

彦輔が言うと、背後に控えていた神宮迅一郎が、あわてて口を挟んでくる。

「卒爾ながら、岩重さま。ただ今の彦輔の申し条、ただの当てこすりにすぎませぬ。それがしが、初めに事実を告げなかったことで、つむじを曲げているだけでござる」

彦輔は、言い返した。

「事実を告げれば、それがしが尻込みをして、この仕事を断わるに違いない、と思ったのでございましょう。そう考えるだけで、いかさま腹が立ち申す」

「初めに、すべて打ち明けていれば、引き受けたと申すのか」

迅一郎の問いに、彦輔は体をひねって、背後を見返った。

「むろんのこと、引き受けた。おぬしが、同行すると請け合えば、の話だがな」

「おれには」

そう言いかけ、迅一郎は急いで言い直した。

「それがしには、東海道へ回る別の務めが」

茂左衛門が、手を上げてそれをさえぎる。

「ご両所とも、お控えくだされよ。すべての責めは、この茂左衛門にあり申す。この死にぞこないに免じて、これまでの数かずの不都合、ご無礼をどうかご容赦いただきたい」

また頭を下げられて、彦輔は不承不承膝をもどした。

前日、馬籠峠で繰り広げられた、修羅場のすぐあと。

伴内家の、丸井角兵衛の手の者と思われる家士が、大挙して馬籠峠の蛇抜神社に押し寄せた。

家士たちは、荷車をいくつも用意しており、それに死者や重傷者を積み込んで、峠から運び下ろして行った。

ただし、死んだ者の数は少なく、富永隼人に首筋を刺された男のほか、二人だけにすぎなかった。その分、手や足を失うなど、深手を負った者は多かった。

軽傷の者、捕らえられた者たちは、自分の足で歩かされた。

そうした、家士たちの手際のよさを見ると、早くから段取りをつけていた、としか思えなかった。

角兵衛によれば、荷車は橋場村から大平街道にはいり、途中で清内路（せいないじ）という別の道を抜けて、戦国時代の古い砦跡へ向かう、とのことだった。

どうやら、死者はそこへすべて、ひそかに埋葬する手筈に、なっていたらしい。後始末をする家士たちを尻目に、彦輔と富永隼人、藤八を峠の下の馬籠宿へ、引き連れて行った。

これまた、手配をすませていたとみえ、彦輔らは八幡屋という脇本陣に、案内された。そこで、迅一郎と藤十郎は彦輔に、ここにいたったいきさつを、すべて明らかにした。それによると、事の次第は次のようだ。

まず、飯田の領主伴内信濃守光豪は、まだ還暦を回ったばかりだが、三年来胃に悪性の腫瘍を患っており、もはや回復の見込みはない、という。

したがって、だいぶ前から家中では、家督相続についての論議が、繰り返されてきた。信濃守には、寛政十二年生まれで今年二十八歳の、謹一郎という実の嫡男がいる。生母の正室るいは、謹一郎の生後一年半ほどで、病死した。

謹一郎は、とうに将軍への御目見をすませたものの、生来病弱な上に近年労咳（ろうがい）を発し、それがとみに悪化しつつあった。

そのため、嫡男ながら格別の計らいで、国元での療養を許されている。

ただ、父親同様いつお迎えがくるか、先の分からぬ雲行きだった。

そこで、次善の策として謹一郎の弟、済次郎に跡目を継がせる話が、持ち上がった。

済次郎は、享和三年生まれの二十五歳で、きわめて壮健だという。

ただし済次郎は、信濃守が参勤交代で在府中、江戸屋敷で家女に生ませた庶子で、国元には一度ももどったことがない。

また、信濃守が手をつけた当の家女は、屋敷外でひそかに出産したあげく、そのまま暇を出されたため、どんな素性の娘とも明らかにされなかった。

その結果、済次郎の養育はほぼ乳母の手に、ゆだねられた。

それゆえ、済次郎は少なくとも国元では、ほとんどなじみのない存在だった。

このようにして、跡継ぎの一件が行き詰まったさなか、次席家老の大崎内膳なる人物から、思いも寄らぬ申し立てがあった。

かつて信濃守は、在国中に内膳の娘もよに手をつけ、一男子を生ませたというのだ。

名は順之輔といい、文化四年生まれの二十一歳。

その後、もよは近習の森山頼母なる家士に、納得ずくでもらわれていった。

したがって、今や順之輔は森山家の総領と認められ、家督を継ぐ立場にある。

内膳の言い分は、こうだ。

嫡男の、謹一郎以外の庶子が跡を継ぐなら、出自のあいまいな済次郎よりも、伴内家の重臣たる自分の血を引く、順之輔の方がふさわしい、と。

順之輔の顔立ちは、確かに信濃守とよく似ており、その言い分にも一理がある。しかるに、内膳と頼母は首席家老ばかりか、主君信濃守までもないがしろにして、まつりごとをほしいままにする、きわめて評判の悪い一族だった。

また順之輔自身も、若いのに二人の血を引いたものか、高慢横暴の噂が絶えなかった。信濃守が、大崎一族の専横を黙認したのは、もよに手を出した弱みがあったゆえ、と思われる。

とはいえ信濃守も、順之輔に家督を譲ることには、乗り気でなかった。むしろ、済次郎を跡継ぎにしたい、というのが本心のようだった。

そうした、複雑極まりない内情を聞かされたあと、彦輔はこの日国家老の岩重茂左衛門に、引き合わされたのだ。

茂左衛門が言う。

「そのようなわけで、とりあえず済次郎さまを江戸から、国元へ呼びもどすことにしたのでござる。むろん、跡継ぎのことで殿のご内意を伝える、という含みでな。ただ、次席家老の大崎内膳らから、横槍がはいる恐れがあり申す。そのため、それがしの考えでいささかの仕掛けを、施すことにいたした。そのために、淵田家の江戸屋敷詰め、坂田藤十郎どののお力を、お借りした次第でござる」

背後で、藤十郎が言う。

「それがしの実父は、伴内家江戸家老の近松勘太夫、と申す。それがし十三歳のおり、淵田家の江戸家老坂田藤五郎の養子にはいり、坂田家を継ぎ申した。実父と養父は、従兄弟同士。菊野は、腹違いの妹でござる」

続いて、神宮迅一郎の声。

「ちなみに、藤十郎とおれは昌平坂学問所の、同学の誼みだ」

彦輔は近松、坂田両家の入り組んだ血縁を聞かされ、混乱して言葉も出なかった。

茂左衛門が続ける。

「もし済次郎さまを、国元へお連れすると分かれば、大崎内膳の一党は黙っておらぬ。江戸屋敷にも、内膳らにくみする者が少なからず、おり申す。そやつらに知られずに、済次郎さまをお国入りさせるのは、きわめてむずかしゅうござる。そこで、江戸家老とともにいささか、仕掛けを考え出した次第」

その仕掛けとは。

伴内済次郎の帰国を知れば、力ずくでそれを阻止しようと、大崎内膳の息のかかった者たちが、当然手出しをしてこよう。

そのため、茂左衛門の意を受けた伴内家の江戸家老、近松勘太夫は一策を案じた。

ひそかに、腕のいい出入りの絵師を呼び、精細な済次郎の似顔絵を何枚か、描かせた。その上でそれを、下総大見川淵田家の江戸屋敷に在勤する、みずからの実子坂田藤十郎に、託した。

くわだてを打ち明け、その似顔絵とできるだけ似た者を、早急に探し出してもらえまいか、と頼んだのだ。

藤十郎はすぐさま、行き来のある他家の江戸勤番侍や、公儀御用を務める番士らに似顔絵を渡し、存じ寄りを当たってもらった。

その中に、昌平坂学問所の学友で、仕事がら顔の広い小人目付の、神宮迅一郎がいた。迅一郎は一目で、似顔絵に描かれた人物が、鹿角彦輔によく似ていることに、気がついた。

まずは、藤十郎に彦輔の首実検をさせ、同時に剣の腕や胆力を試させるために、例の目黒新富士での茶番を、仕組んだ。

藤十郎は、彦輔が済次郎と顔立ち、体つきがそっくりなうえに、腕も立つことに満足した。

そこで迅一郎に、事の次第を詳しく告げ、裏にひそむ密事も正直に明かして、力を借りたいと持ちかけたのだ。

話を聞いた迅一郎も、彦輔を済次郎の身代わりに仕立てる、との藤十郎の奇策に興を覚え、力添えをすると約束した。

迅一郎の一存で、彦輔には真実を告げず、通常の道連れの仕事の一つ、と思わせておいた。

ただ、淵田家の当主、掃部守の主命で京都へおもむき、見聞を広めてくるように、とだけ申しつけた。

一方の藤十郎も、彦輔が道連れを務める菊野に、裏の事情を伝えなかった。

こうして、計略そのものは組み上がったが、内膳らをそこへ引き込むには、それなりのお膳立てが必要だ。曲のない仕掛けでは、すぐ見破られてしまう。

そのため、勘太夫は自分の娘で、藤十郎の実の妹に当たる、八重子をおとりにして、敵をあざむく機略を、用意していた。

すなわち、八重子を伊勢参りに送り出すとの名目で、彦輔ら一行と同じ四月三日に、江戸を出立させるのだ。

ただし、彦輔一行とかち合わぬよう、東海道を行かせることにする。

このとき、藤十郎は勘太夫の意を受けて、さる筋から将軍徳川家斉の岳父に当たる、薩摩島津家の大隠居栄翁こと、島津上総介重豪に助力を求めた。

まずは、本物の伴内済次郎を数日前、ひそかに高輪の薩摩屋敷へ、もぐり込ませる。

次いで、出立の前日豪華な乗物を仕立て、八重子を江戸屋敷から薩摩屋敷へ移した。

その上で、女装した済次郎とすり替え、当日の朝早く一行を送り出した。行列は、見た目もものものしく、仕立てられた。

藤十郎と迅一郎、それに富永隼人も警固のため、行列に加わった。実の済次郎を、危険にさらすわけにはいかないからだ。

隼人には、彦輔らがおとりとして、中山道をのぼっている、とだけ伝えた。

このように、藤十郎は目立たぬように装いながら、逆にいかにも目立つかたちで、事を運んだ次第だった。

果たして、大崎内膳の一党とみられる侍たちが、見え隠れに行列のあとをつけて来た。その侍たちは、ほとんどが国元から送り出されたものか、見覚えのない顔が多かった。中には、金で雇われた浪人づれが、それらしく外見をつくろっただけ、という者もいるようだった。

内膳の一党は、茂左衛門らが済次郎の帰国を、関所の詮議が厳しい〈出女〉の旅に仕立て、目をくらまそうとしている、と深読みしたはずだ。そしてまさに、そう思わせることこそが、茂左衛門と勘太夫の、当面のねらいだった。

しかし、内膳の一党がそれにまんまと乗り、正直に行列を襲って来たのでは、実の済次郎に危険が及び、奇策が裏目に出る。

一党が念のため、東海道以外の街道筋にも、目を光らせているはずだ、というのが藤十郎らの読みであり、所期のねらいでもあった。

それが的中したごとく、一党は藤十郎が張った仕掛けに、見事に乗った。

おそらく、中山道筋を見張っていた仲間が、のぼりの旅人たちの一行の中に、目当ての済次郎によく似た侍、つまり彦輔を見いだしたのだ。

早馬でも使って、使いの者がその事実を東海道筋の本隊へ、知らせたに違いない。

それを聞いた一党は、追って来た行列がおとりで、中山道の一行の中にいる男こそ、本物の済次郎だと即断した。

そこで急遽、追っ手を東海道から中山道筋へ、差し回したのだ。

その動きに気づいた隼人は、ただちに一党のあとを追って、中山道へ向かった。

何か裏がありそうだ、という勘が働いたいきさつについては、彦輔もすでに隼人から聞いている。

藤十郎と迅一郎も、仕掛けがねらいどおり功を奏したと知ると、本物の行列の警固を他の家士に任せて、隼人のあとに続いた。

万が一、たくらみが破れた場合に備えて、藤十郎は茂左衛門の腹心の家士で、江戸屋敷に知られていない丸井角兵衛、中山道之助の二人を中山道へ、回してあった。

二人は、あとになり先になり、彦輔の一行に張りついていた。

桶川宿の手前での立ち回り、羽根石山での小競り合いは、万一彦輔が内膳の一党に襲われた場合、どの程度持ちこたえられるか、腕を試すためだったそうだ。むろん、物見遊山にも似た一行の旅に、活を入れるねらいもあった、と思われる。

さらに、りくのことがある。

彦輔がにらんだごとく、りくはやはり裏で角兵衛、道之助の二人と気脈を通じていた。宿場ごとに、りくは旅籠の下働きや留女に金を与え、こまめに二人とつなぎをつけていた、という。

ただ、例の伊那宿での山賊騒ぎで、角兵衛たちはりくとのつなぎを、一時的に断たれてしまった。二人は、彦輔たちより先行していたこともあり、そのまま飯田宿へ向かったらしい。

ちなみに、内膳の一党を率いていた頭目は、伴内家の飯田城下に町道場を持つ、武智左馬助という剣客だった。

左馬助は武州浪人と称し、数年前飯田にやって来た。

そのおり、それまでの道場主だった老剣士を、他流試合であっさり打ち負かし、道場をわがものにした。

左馬助の道場には、内膳の娘もよが嫁いだ森山頼母の家士が、何人か入門していた。その者たちを含めて、一党には腕の立つ門弟がいくたりも、加わることになった。

もし、左馬助が首尾よく事をしおおせた暁には、伴内家の剣術師範に取り立てる、との内意が内膳から伝えられた。

それで、左馬助も一党を率いる肚を固めた、という。

しかし内膳の密謀は、もろくもついえた。

蛇抜神社で、角兵衛らに捕らえられた左馬助は、茂左衛門の手に引き渡された。左馬助としても、仕官の道が閉ざされた今、助命および領内からの立ち退き、という寛大な処分ですむならば、引き替えにすべてを明らかにするほか、道はなかっただろう。

それによると、事のいきさつはこうだ。

東海道の行列を、おとりと判断した左馬助はただちに、一党を中山道へ転回させた。一党はまず、身延街道から甲州道中に抜けて、上諏訪の手前の金沢宿を左に折れ、金沢街道にはいった。

金沢宿で、馬を調達した一党は高遠宿、伊那宿から鍋懸街道を突っ走って、一気に中山道の宮ノ越へ抜けた。

左馬助は、別人になりすました伴内済次郎が、国元の飯田を目指すとすれば、下諏訪の先で中山道を左に折れ、伊那街道を南下した方がはるかに早い、と読んだ。

ただ左馬助としては、一行が追っ手の目をくらますために、あえて中山道を妻籠まで行き、そこから一気に大平街道に転じて、搦め手から飯田入りを果たすのでは、との疑いも捨て切れなかった。

そこで左馬助は、足の達者な物見を二人選び、伊那宿からじかに飯田へ、向かわせた。本隊は、そのまま木曽福島の関所を抜け、妻籠まで行った。

しかし、目当ての一行が中山道をたどった形跡は、ついに見いだせずに終わった。

そうこうするうちに、飯田へ回した二人の物見が、息せききって大平街道を駆け抜け、本隊に沙汰を上げて来た。

それによると、飯田宿の外で見知らぬ侍たちが、済次郎一行の小娘をさらい、中山道へ向かいつつある。どうやらその小娘を人質に、こちらがねらう済次郎を、中山道へおびき寄せる所存らしい、というのだ。

事情は知れぬが、渡りに舟とばかり左馬助らは、大平街道口にひそんで、その一味を待ち受けた。

すると、確かに男装した小娘が、人質になっていた。一党は、ひとまずそれをやり過ごして、あとをつけた。

そして小娘が、馬籠峠の神社へ連れて行かれるのを、見届けた。

実のところ、この筋書きは丸井角兵衛と中山道之助が、大崎内膳の一党をおびき寄せるために、一か八かで仕組んだ罠だった。

角兵衛らは、先着した飯田宿で何人か、手勢を呼び集めた。

しかも、その動きをあからさまに見せて、内膳の一党が食いつきたくなる下地を、整えたのだった。

ちなみに、菊野が宿場の外へ足を延ばしたのは、たまたまのことではない。りくが、名物のお六櫛を買うとの口実で、元祖と称する大平街道の店へ、たくみに菊野を誘い出したのだ。

それもまた、飯田宿で一行を待ち受けていた、角兵衛からのつなぎによる指図だった。彦輔も、馬籠峠での前後のいきさつについては、今やしっかりとのみ込んでいる。

あのおり。

角兵衛は、例の蛇抜神社で彦輔と対峙しながら、内膳の一党が罠とも知らず、周囲を固めつつあることを、承知していた。

続く、修羅場の後始末についても、別の手勢を待機させておくだけの、用意周到さを見せた。

密謀に加わった、左馬助の門弟たちの中には、内膳や森山頼母の家士も、多く交じっていたらしい。内膳と頼母自身を含めて、一党の者たちにもいずれ、厳しい沙汰がくだるだろう。

こうして内膳の一党が、済次郎と思い込んだ彦輔を、葬り去ろうと謀ったたくらみは、あえなく失敗に終わったのだった。

ちなみに、本物の伴内済次郎の一行は、この日無事に飯田へ到着した、という。

岩重茂左衛門との、長い面談を終えた鹿角彦輔は、神宮迅一郎、坂田藤十郎とともに、脇本陣の自室にもどった。

富永隼人が、一人で酒を飲みながら、待っていた。

「おぬしもこけにされて、だいぶつむじを曲げただろうな」

隼人にそうからかわれて、彦輔は苦笑せざるをえなかった。

「そのとおりだ。おれに、肝腎なことをいっさい知らせず、事を運んだのが気に入らぬ」

藤十郎は頭を下げ、神妙な顔つきで応じた。

「神宮うじによれば、孫子の兵法とのことでござる」

彦輔は、鼻で笑った。

「例の、敵をあざむくにはなんとやら、というやつか」

迅一郎が、むっとするのを見て、急いで話を変える。

「それよりもう一つ、どうしても知りたいことがある。出立のおり、島津のご隠居の助力を仰いだ、とかいう話だが、どこにそんな手づるがあったのだ」

出端をくじかれたように、迅一郎は藤十郎と目を見交わし、こほんと咳をした。

「これは、ここだけの話にしてもらいたい。ゆめゆめ、ほかへ漏らしてはならぬぞ」

「承知した」

応じると、迅一郎は続けた。

「栄翁さまが、将軍家斉公の岳父であられることは、承知していよう。栄翁さまのお力添えを得たのは、これがお上にからんだ一件だからだ」

「お上に。まことか」

「いかにも。おぬしも知るとおり、家斉公はこれまでご正室のほか、二十人近いご側室をお相手に、五十人を超える子女を、お産ませになった」

内々のことにせよ、その話は世間にもほぼそのまま、漏れ伝わっている。

迅一郎は、さらに続けた。

「そのうちの十八番目、お蝶のかたに産ませられた時之助ぎみには、実は双子の弟ぎみがおられたのだ」

彦輔は、顎を引いた。

「双子だと」

藤十郎が、あとを引き取る。

「さよう。その弟ぎみが、伴内済次郎さまなのでござる」

彦輔はあっけにとられて、二人の顔を交互に見た。

「すると、その伴内済次郎は将軍家斉のご落胤（らくいん）、ということか」

迅一郎がうなずく。

「いかにも、そのとおりだ。少なくとも、おれが聞いたところではな」

藤十郎の話によると。

お蝶のかたは、西丸御番組の曽根なにがしの娘で、みごもってほどなく双子、と分かったという。

双子の場合、おおむね先に生まれた弟の方は、命を絶たれる運命にある。是非はともかく、それが昔からの習いだった。

お蝶のかたは、その処置に納得できず、頼りにしていた梅松という中臈（ちゅうろう）に、ひそかに赤子の命を救うよう、手配を頼んだ。

梅松は、腹心の女中や中居を使い、その赤子を処置したものとして、ひそかに城外へ連れ出した。

その上で、曽根家の遠縁に当たる、伴内家の抱屋敷に運び入れた、という。

伴内信濃守は、添えられた葵の御紋入りの懐剣とともに、赤子を受け入れた。

生母をあいまいにしたまま、取り急ぎ済次郎と名付け、実子として育てることにしたのだった。

「信濃守さまが、いかなるご所存でお預かりになったのか、しかとは分からぬ。ただし、お上や栄翁さまはそのあたりを、うすうすご承知のようだ、との話もある。あるいは、お蝶のかたがひそかに、漏らされたのかもしれぬ」

迅一郎はそう言って、この話は終わりだというように、唇を引き結んだ。

途方もない話に、彦輔はそれ以上何も言えなかった。

その翌日。

藤八とかなめが、菊野の供をして脇本陣へ、彦輔と隼人を訪ねて来た。

菊野は、どこかで調達したらしく、新しい衣服を身につけている。若衆髷も、きちんと結い直してあった。

互いに無事を喜んだあと、かなめがやれやれというように、伸びをしながら言う。

「これでやっと、江戸へ帰れるかと思うと、せいせいするよ」

藤八が口を挟む。

「峠ののぼりおりは、もうまっぴらだぜ。東海道から、のんびり帰ろうじゃねえか」

彦輔は首を振った。

「まずは軍資金だ。京都の両替屋に、江戸から為替が届いていよう。確か和泉屋、という店だった」

藤八は、たちまち相好(そうごう)を崩して、指を立てた。

「ちげえねえ。ついでに祇園で豪遊して、それからお伊勢参りといきやしょうぜ」

「ばかを言え。それでは、少しもおもしろくない。そもそも祇園で遊べば、金が足りなくなる恐れもある」

彦輔の返事に、隼人が顔をのぞき込んでくる。

「ではどうする、というのだ」

「約束を果たした以上、どこをどう回って江戸へ帰っても、文句は出まい」

「おぬし、どこを回るつもりだ」

「お伊勢回りなど、愚の骨頂よ。こういうときでもなければ、一生行けぬところへ行くのだ」

かなめが、じれたように乗り出す。

「気をもたせるのはおよしよ、彦さん。いったい、どこへ行こうっていうんだい」

彦輔は、一呼吸おいて言った。

「迅一郎を威して、お上の金をあと百両よけいに、両替屋へ送ってもらう。その金で、長崎へ行くのよ」

それを聞いて、かなめはのけぞった。

「長崎だって。冗談じゃないよ、彦さん。気でも違ったのかい」

それを、鼻で笑い飛ばす。

「正気も正気、大正気だ。長崎から、阿蘭陀(オランダ)へ渡るのも、おもしろいぞ」

三人はあっけにとられ、顔を見合わせた。

すると、菊野がにわかに相好を崩して、両手を打ち合わせた。

目を輝かせ、しきりにうなずいてみせる。

彦輔も笑った。

「そうか、菊野さんも長崎へ行きたいか」

菊野はなおも、うなずき続けた。

彦輔は真顔にもどり、口調をあらためて菊野に言う。

「ところで、菊野さんは今度の旅の真の目的を、聞かされていなかったそうだな。それはまことか」

菊野はもう一度うなずき、それから忙しく身振り手振りを繰り返して、何かを伝えようとした。

それを、じっと見つめていた隼人が、菊野が両手を膝にもどしたとたん、さもおかしそうに笑い出した。

わけが分からず、彦輔は隼人を見た。

「何がおかしい。菊野さんは、口がきけんのだ。身振り手振りを笑うのは、いくらおぬしでも無礼だぞ」

そうとがめると、隼人はあわてて笑うのをやめた。

しかし、すぐにまたにやにや笑いを浮かべ、口を開いた。

「おれが笑ったのは、菊野さんの言いたかったことが、分かったからだ」

彦輔は、二人の顔を見比べた。

「菊野さんは、何を言いたかったのだ」

隼人が鼻の下をこすり、あまり気の進まぬ様子で言う。

「彦輔。おぬしは、菊野さんに危険が及ばぬように、道連れを務めたつもりだろう」

「そうだ」

一息おいて、隼人が続ける。

「菊野さんとしては、万が一にもおぬしに危険が及ばぬように、自分が道連れを務めたつもりだそうだ」

あたりが、しんとする。

彦輔は絶句して、菊野に目を向けた。

菊野は、まるで聞こえなかったというように、まじめな顔で見返してくる。

恐るおそる、彦輔の様子をうかがっていたかなめが、藤八と顔を見合わせてくすり、と笑った。

それをきっかけに、部屋中に笑いがはじけ飛んだ。

さらに、その翌朝。

脇本陣の外で、藤八やかなめと一緒に菊野とりく、鬼吉と蛇の目が顔をそろえ、彦輔と隼人を待ち構えていた。

「もし不都合でなければ、菊野さまとわたくしも長崎まで、ご一緒させていただきます」

りくが、鼻息を荒くして言ってのけると、鬼吉と蛇の目までがしたり顔でうなずく。

隼人が、ぽんと胸を叩いて、口を開いた。

「やむをえんな。おれも、付き合おう。おれが持つ、お上の諸事木戸御免の書付があれば、女子だろうが無手形だろうが、どこでも大手を振って、通り抜けできるからな」

かなめが、手を打って笑う。

「これで決まったね、彦さん」

彦輔は、首を振った。

「いや。きのう隼人が、菊野さんの身振り手振りを読み取ったのは、口からでまかせだと認めるまで、同行は許さぬ」

みんながいっせいに、菊野を見返った。

菊野が、聞こえなかったという顔で、そっぽを向く。
彦輔は腰に手を当て、馬籠の空に向かって高笑いをした。
阿蘭陀へ行く前に、まずは長崎だ。

完

この作品は、二〇二一年三月、毎日新聞出版より刊行されました。
初出　毎日新聞「日曜くらぶ」(二〇一八年四月～二〇一九年十二月)

装画・口絵　深井国
装幀　芦澤泰偉+五十嵐徹

逢坂　剛（おうさか・ごう）

一九四三年東京生まれ。広告代理店勤務のかたわら、八〇年「暗殺者グラナダに死す」でオール讀物推理小説新人賞を受賞し、作家デビュー。八七年『カディスの赤い星』で直木賞、日本推理作家協会賞、日本冒険小説協会大賞の三冠に輝く。その後も日本ミステリー文学大賞、吉川英治文学賞、毎日芸術賞を受賞。「百舌シリーズ」はドラマ化され大きな話題となった。近著に『百舌落とし』『最果ての決闘者』『平蔵の母』『鏡影劇場』『ブラック・ムーン』がある。

毎日文庫

◆ ◆

道連れ彦輔（みちづれひこすけ）　居直り道中（いなおりどうちゅう）　下

印刷　2024年1月20日
発行　2024年1月30日

著者　逢坂剛（おうさかごう）
発行人　小島明日奈
発行所　毎日新聞出版
〒102-0074
東京都千代田区九段南1-6-17 千代田会館5階
営業本部：03（6265）6941
図書編集部：03（6265）6745
ブックデザイン　鈴木成一デザイン室
印刷・製本　中央精版印刷

 ISBN978-4-620-21064-3